KB112924

노블레스 오블리주

이준용

노블레스 오블리주
noblesse oblige

이준용

강심호 지음

살림

목차

'노블레스 오블리주'가 대한민국을
선진·통일 국가로 만든다

최근 팀 쿡 애플 최고경영자는 죽기 전에 자신의 전 재산을 사회에 기부하겠다고 약속했다. 미국의 유명한 경제 잡지인 「포춘」과의 인터뷰에서 팀 쿡은 어린 조카를 다 교육시킨 다음에, 자신이 가진 모든 재산을 사회에 환원하겠다고 밝힌 것이다. 그가 가진 재산은 총 8억 달러, 우리 돈으로 약 8,800억 원이나 된다.

한편 세계에서 가장 뛰어난 주식 투자가 워런 버핏은 자신의 재산 대부분을 마이크로소프트라는 회사를 만든 빌 게이츠 부부의 '빌 앤 멀린다 게이츠 재단'에 기부하기로 약속했다. 워런 버핏은 2015년에만 28억 4,000만 달러를 기부했는데, 우리 돈으로는 약 3조 2,000억 원이나 된다. 지금까지 버핏이 2006년부터 기부한 돈을 모두 합치면 무려 255억 달러, 우리 돈으로 약 25조 4,000억 원이 넘는다. 그뿐만 아니라, 사우디의 알 왈리드 왕자는 기자회견을 열어 30조 원이 넘는 자신의 전 재산을 사회를 위해 기부하겠다고 밝혔다.

누군가를 돕는 일은 무척 행복하고 보람된 일이다. 하지만 이들처럼 자신의 전 재산이나 천문학적인 돈을 사회에 환원하는 건 정말 쉽지 않다. 사람들은 대부분 더 많은 걸 갖고 싶어 하기 때문이다.

그렇다면 무엇이 이들에게 자신의 모든 재산을 기부하게끔 한 것일까? 그건 애플의 팀 쿡과 버크셔 해서웨이의 워런 버핏, 사우디의 알 왈리드 왕자 모두가 바로 노블레스 오블리주의 소중함을 알았기 때문일 것이다.

공동체를 지키는
노블레스 오블리주

로마 제국 2,000년의 역사를 지탱해 준 힘은 노블레스 오블리주였다. 로마의 귀족들은 전쟁이 일어나면 선봉에서 적과 싸웠다. 그리고 자신의 재산을 언제고 사회에 환원했다. 그랬기 때문에 백성은 귀족을 존경했고 따랐다. 귀족은 바로 그 힘으로 국가를 통치할 수 있었던 것이다.

전쟁 천재 한니발이 이끄는 카르타고 군이 알프스 산을 넘어 로마로 쳐들어왔던 때가 있었다. 제2차 포에니 전쟁이라 불리는 이 전쟁은 16년간 지속됐다. 그런데 그때 전사한 로마의 최고지도자(집정관)만 13명이었다. 그들이 가장 선봉에서 싸웠기 때문이다. 로마 건국 이후 500년 동안 원로원에서 귀족이 차지하는 비중이 15분의 1로 줄어들었는데, 그 이유도 전쟁에서 귀족이 많이 죽었기 때문이었다.

그밖에도 로마의 귀족은 공공시설을 복구하거나 재건축하기 위해 개인 재산을 종종 내놓았다. 빈곤 퇴치를 위해서도, 후속 세대 육성을 위해서도 자주 기부했다. 로마의 귀족은 자신들이 로마라는 공동체로부터 수많은 혜택을 받았고 그 공동체가 없다면 그런 혜택도 없다는 사실을 잘 알고 있었다.

그렇기 때문에 공동체에 위험이 닥치면 가장 많은 혜택을 입은 자신들이 제일 먼저 달려나갔다. 또 공동으로 필요한 무언가가 있으면 자신이 나서서 해결하려 했다. 그걸 해결해 주는 것이 귀족들의 의무라는 것을 명확히 알고 있었던 것이다. 그런 귀족들의 솔선수범과 희생정신이 있었기 때문에 로마라는 공동체는 세계를 호령하는 제국이 될 수 있었다.

미국에서 꽃핀
기부 문화

그런 로마의 노블레스 오블리주 전통이 미국으로 건너와서는 '기부 문화'로 꽃피기 시작했다.

카네기는 14세가 되던 해에 스코틀랜드에서 가족과 함께 미국으로 이주했다. 그리고 방적공, 기관조수, 전보배달원, 전신 기사 등 여러 직업을 전전하다가 철도 회사에 취직했다. 거기서 근무하다가 침대차 회사의 가능성에 눈을 뜨고 투자해서 큰 이익을 얻었다. 이후 카네기는 1892년 카네기 철강 회사를 설립했고, 계속 승승장구해서 미국 철강 시장의

65%를 차지하는 US스틸을 탄생시켰다.

그랬던 그가 어느날 갑자기 사업 일선에서 은퇴하면서 자신의 재산을 털어 2,500여 개에 달하는 도서관을 지어 공동체에 헌납했다. "부자인 채로 죽는 것은 부끄러운 일이다." 라는 이유였다. 그는 자신의 모든 재산 3억 5,000만 달러 중 90%를 사회에 환원하고 죽었다.

그렇게 1900년에 카네기가 물고를 튼 기부 문화는 이후 록펠러, 포드 등이 이어받아 부의 사회 환원을 위한 재단을 설립해 나갔다. 오늘날에는 빌 게이츠, 워런 버핏, 테드 터너 등이 계승하고 있다.

현재 미국에는 5만 6,000여 개의 자선 재단이 있다. 뿐만 아니라 부자들이 솔선수범하는 기부가 미국 문화를 만들었다고 해도 과언이 아니다. 아예 기부 자체가 생활의 한부분이 되도록 기반을 만든 것이다. 이제 미국에서의 개인 기부 비율은 80%에 달한다. 이게 미국이라는 공동체를 이어 주는 큰 힘이 되고 있는 것이다.

대한민국의
기부 문화

이런 로마나 미국의 '노블레스 오블리주'에 비추어 볼 때, 그동안 한국에서의 노블레스 오블리주는 너무나 미약했다.

사실 한국의 기부 지수는 세계 60위 정도밖에 안 된다. 높은 경제력에 비하면 순위는 매우 낮다. 영국의 '자선 원조 재단'이 발표한 결과로 보면 한국의 기부 지수는 영국, 미국 같은 선진국에 못 미치기만 한 것이 아니라 우리보다 경제적으로 어려운 미얀마, 필리핀, 인도네시아보다도 크게 뒤쳐진다.

미담보다는 오히려 '사회지도층 인사'라고 불리는 분들의 실망스런 모습에 국민들의 눈살이 찌푸려지는 일이 더 많았다. 자식들끼리 서로 재산을 두고 싸우거나, 국민으로서 꼭 해야 하는 병역과 납세의 의무를 져버리는 일이 비일비재했다. 그 때문에 일부 사람들은 그런 대한민국에 너무 실망

해서 희망을 포기하거나 '가진 자'들을 저주하며 떠나려 하기도 했다.

다행스러운 건 최근 조금씩 우리 사회가 성숙해 가고 있다는 점이다. 2010년에는 81위였던 기부 순위는 20위 정도 뛰어올랐다. 그리고 기부 액수도 매년 10%에서 15%로 증가하고 있다. 유산의 70% 이상을 사회에 환원한다는 취지로 조직된 '유산 남기지 않기 운동'에 약 2,000명이 가입했다. 또 유산의 일부를 선행에 기부하겠다는 '참행복 나눔 운동'에도 사회지도층 인사가 400명 넘게 참여했다. 많은 사람들이 대한민국이라는 공동체를 위해서는 이제 노블레스 오블리주가 절실히 필요하다는 것을 차츰 깨달아 가고 있는 것이다.

그러던 때 놀라운 일이 일어났다. 2015년 8월 17일 한 기업인이 자신의 전 재산을 공익 재단에 기부하겠다고 밝힌 것이다. 2,000억 원 정도의 거액이었다. 그동안 재벌 중에 사회에 끼친 잘못을 씻기 위해서 큰 돈을 내놓는 경우가 있긴 했지만, 이렇게 순수한 기부로 2,000억이라는 전 재산을 사회에 환원한 건 처음 있는 일이었다.

그렇게 뜻깊은 결단을 내린 이가 바로 대림산업의 이준용 명예회장이다. 사람들은 그의 결단을 두고 '온 국민이 칭찬하는 몇 안 되는 경사' '노블레스 오블리주 전통의 씨앗' '우리 사회 모든 사람에게 울림을 주는 대사건' '우리 사회 지도층이 해야 하는 역할의 모범을 보여 주는 사례'라고 칭찬했다.

노블레스 오블리주의 전통을 알리기 위하여

사실 우리 살림출판사는 건국과 산업화, 민주화를 거친 대한민국 사회가 선진화로 비약하기 위해서는 노블레스 오블리주의 문화가 널리 퍼져야 한다고 확신했다. 정보통신기술의 발달로 그 어느 누구도 자신의 치부를 숨길 수 없는 시절이

됐다. 이제 사회에서 다양한 혜택을 누린 사회지도층 인사들의 일거수일투족은 국민 모두에게 실시간으로 전달되고 있다. 이런 마당에 돈과 권력을 이용해 병역을 면제받거나 재산을 불법 상속하거나, 소위 '갑질'을 하는 사회지도층의 행태가 계속된다면 사회의 통합과 발전은 기대하기 힘들 수밖에 없다. 대한민국에서 많은 혜택을 입은 사회지도층일수록 공동체의 발전을 위해 더 많은 공헌을 해 나갈 때 비로소 온 국민이 그들의 리더십을 따를 것이다.

그러자면 특히 어렸을 때부터 노블레스 오블리주의 소중함을 깨닫고 그것을 체화시켜 나가야 한다. 누구라도 이 사회에서 큰 부와 명예, 권력을 갖게 되었을 때 그것을 사회에 되돌려 주는 것이 의무이자 당위라는 것을 어린 시절부터 배워야 나중에 커서 실행할 수 있기 때문이다.

그렇기 때문에 우리는 오랜 기간 노블레스 오블리주에 관한 책을 출간하기 위해 다양한 노력을 기울여 왔다. 대한민국 대표 문고인 「살림지식총서」에서 『노블레스 오블리주』

(제261권)를 출간한 게 벌써 2006년이니 거의 10년이 되어 간다. 그 이후로도 틈나는 대로 어린이용 도서와 청소년용 도서, 그리고 성인용 단행본으로 노블레스 오블리주를 알리기 위해 다양한 기획을 시도했지만 번번이 좌초됐다. 현재성이 있는 롤모델을 찾기가 어려웠기 때문이었다.

이준용 명예회장의 뜻깊은 기부는 그래서 우리의 마음을 설레게 했다. 언제 미국의 팀 쿡이나 사우디의 알 왈리드 왕자, 빌 게이츠, 워런 버핏 같은 인물을 우리 대한민국에서 만나게 될까 고대했는데, 드디어 만나게 되었기 때문이다.

이준용 명예회장의 '아름다운 결단'은, 현재 조금씩 자리 잡아 가는 대한민국의 기부 문화를 더욱 성숙시킬 것이고, 아울러 우리 민족의 숙원인 통일을 앞당기는 데 크게 기여할 것이 분명하다.

우리는 이제야 우리가 원하던 롤모델을 만나게 되었고, 곧바로 이준용 명예회장의 사례들에 이야기의 옷을 입혀 『노블레스 오블리주 이준용』을 세상에 내어놓게 되었다.

우리는 이 책을 통해 대한민국 국민들의 마음속에 노블레스 오블리주 정신이 깊이 각인되기를 바란다. 또한 자라나는 어린이들도 이 책을 통해 지식뿐만 아니라 '덕성'을 갖춘 성숙한 성인이 되기를 진심으로 바란다. 그리하여 그 아이들이 대한민국을 사랑하고 통일을 소망하게 되기를 진심으로 염원한다.

부디 이준용 명예회장의 노블레스 오블리주 정신이 씨앗이 되어 훗날 제2의 이준용, 제3의 이준용이 계속 나타나길 간절히 기원한다.

살림출판사 기획국장

강심호

©Zvonimir Atletic - Shutterstock.com

얼마나 많이 주는가 하는 것은 중요한 것이 아닙니다.
작더라도 그 안에 사랑과 정성이 얼마만큼 깃들어 있는가가 중요합니다.
저는 결코 큰일을 하지 않습니다.
다만 작은 일을 큰 사랑으로 할 뿐입니다.

테레사 수녀

돈을 버는 것은 기술, 쓰는 것은 예술

**한국과학기술원에 거액을 기부해 화제가 된
김병호·김삼열 씨 부부**

나눔의
시작

대림산업 4층 명예회장실의 소파에서 이준용 명예회장이 신문을 펼쳐 들고 있었다.

"흠…… 통일과 나눔이라……."

신문에는 '통일과 나눔' 재단에 대한 기사가 실려 있었다. 5월에 정식으로 출범한 재단 법인이다.

"이 재단의 설립 취지는 다음과 같다…… 남북 교류 협력과 인도적 대북 지원, 남북 주민간 공동체 의식 함양 등의 사업을 수행하고, 이를 위한 기금을 조성해서 통일을 준비하고 통일 기반을 조성하는 것이 설립 취지다……."

이 회장은 나지막하게 기사를 따라 읽고 있었다. 통일과 나눔 재단은 7월 7일 통일 나눔 펀드 출범식을 가졌다. 남북 동질성 회복, 통일 공감대 확산, 북한 어린이 지원, 이산가족 상봉 지원 등 다양한 활동을 하는 여러 단체들을 지원하는 기금을 마련하기 위한 펀드를 조성한다는 취지였다. 그 펀드가 출범한 지 한 달 남짓 됐는데 참가한 사람이 5만 명이 넘는다는 기사였다.

펀드에는 매달 1만 원에서 2만 원씩 기부하겠다는 사람이 속속 모여들고 있었다.

"저 작은 열망들이 우리나라 국민들의 마음속에 맺혀 있었구나. 통일을 간절히 바라는 마음이 모일 곳을 기다리고 있었구나."

이 회장은 마음이 벅차올라 잠깐 눈을 감았다. 그러자 왠지 모르게 6·25 남침전쟁* 때 중공군이 밀고 내려오면서 피난을 가야했던 1·4 후퇴** 때가 잠시 떠올랐다.

'참 모진 시절이었지.'

그때 회장실 문이 열리며 이 회장의 딸이 들어왔다.

"아버지, 우리 영화 보러 가요. 〈국제시장〉이 지금 무척 인기예요."

며칠 전부터 함께 보자고 조르던 그 영화였다. 6·25 시절부터 격동의 한국사를 살아 낸 한 할아버지의 이야기 라고 했다. 공교롭게도 마침 그 시절을 떠올리고 있던 참 이어서 이 회장은 한사코 거절하던 평소와는 달리 순순히 딸을 따라나섰다.

• 1950년 6월 25일 새벽 북한이 대한민국을 기습 침공하면서 발발한 전쟁이다. 중국의 마오쩌둥과 소련의 스탈린에게서 협조와 지지를 얻은 북한의 김일성은 남한을 적화시키기 위해 38도선 이남으로 진격, 삽시간에 중부 지방과 호남 지 방을 휩쓸었지만, 대한민국은 낙동강 방어선에서 배수진을 치고 막아 내다가 연합군의 인천상륙작전을 시작으로 반격을 개시, 압록강 부근까지 진격하여 통 일을 눈앞에 두는 듯했다. 그러나 중공군이 개입하면서 다시 전세가 뒤집혔고 38도선 근방까지 다시 밀려 내려와 전선이 교착됐다. 이후 3년간 남북한의 엄 청난 희생을 가져온 지리한 공방이 이어지다가 1953년 7월 27일 휴전 협정이 체결되어 일단락되었다.

•• 6·25 남침전쟁때 압록강 부근까지 진격했던 국군과 연합군이 1950년 12월 경 부터 중공군이 개입하면서 밀려 내려와 서울에서 물러나게 됐고, 북한군과 중 공군이 1951년 1월 4일 서울을 재점령하게 됐다. 이 사건을 가리킨다.

무심코 보게 됐다가 이 회장은 영화를 보는 내내 눈물을 참을 수가 없었다. 하마터면 소리 내어 울 뻔했다. 특히 영화의 첫대목에 나오는 '기적의 배' 이야기는 본인이 겪은 1·4 후퇴와 오버랩되면서 눈물을 빼놓고 말았다.

기적의 배,
메러디스 빅토리 호

기적의 배. 중공군의 참전으로 수많은 사람들이 일거에 피난을 떠나야 했던, 가장 긴급했던 그 흥남 철수 작전° 시절의 한 아름다운 기적에 관한 이야기다. 바로 제2차 세

° 6·25 남침전쟁 당시 중공군의 개입으로 압록강에서 후퇴해야만 했던 국군과 연합군은 1950년 12월 원산이 북한군과 중공군의 수중에 넘어가게 되어 육로로 철수하는 것이 어렵게 되어 버렸다. 이 때문에 미 제10군단과 국군 제1군단은 1950년 12월 15일부터 23일까지 흥남항구를 통해 해상으로 철수해야만 했다. 이 작전을 '흥남 철수 작전'이라 부른다. 이때 소식을 들은 10만여 명의 북한 주민들도 흥남 주변으로 몰려들었는데, 처음에 유엔군 사령부는 피난민을 배에 태우지 않으려 했다. 배편도 없을뿐더러 피난민 속에 간첩이 섞여 있어 파괴 공작을 펼 수도 있다는 이유에서였다. 하지만 당시 국군 제1군단장 김백일 소장과 미군 제10군단 사령관인 알몬드 장군의 고문관을 지내던 현봉학 의학 박사가 간절하고 끈질기게 요청해서 10만 명의 피난민을 무사히 철수시켰다.

계대전 당시 건조된 작은 화물선 SS 메러디스 빅토리 호에 얽힌 이야기다.

6·25 남침전쟁 때 전쟁 물자를 수송하기 위해 메러디스 빅토리 호는 부산항에 들어왔다. 하지만 부산항에 들어오자마자 피난민을 나르기 위해 흥남부두로 향했다. 1950년 12월 15일부터 흥남 철수 작전이 시작되고 있었다. 그 배의 선장은 독실한 가톨릭 신자인 라루였다. 라루가 흥남부두에 도착했을 때 그곳은 아비규환이었다.

수많은 피난민들이 남쪽으로 피난갈 수 있게 해 달라고 울며불며 매달리고 있었다. 중공군은 코앞까지 밀고 내려와 있었다. 국군과 연합군이 사력을 다해 막고 있기는 했지만 흥남부두까지 적군이 밀어닥치는 것은 시간문제였다. 하지만 사람들을 옮길 배편이 없었다. 만약 사람들이 흥남부두를 떠나는 배에 올라

"제발, 제발 부탁합니다 저 사람들을 배에 태워 주세요"

타지 못하면 그들의 생사는 보장할 수 없었다.

라루도 그 사실을 알았다. 그러나 별다른 방도가 없는 것 같았다. 라루가 맡고 있는 메러디스 빅토리 호의 정원은 60명이었다. 그런데 승무원이 47명이었기 때문에 배에 태울 수 있는 인원은 고작 13명뿐이었다. 라루가 머뭇거리고 있을 때 당시 미군에서 고문 역할을 맡고 있던 한국인 의사 한 명이 그에게 애원했다.

"제발 저 사람들을 부탁합니다. 저 사람들이 부두에 남겨지면 생사를 보장할 수가 없습니다. 제발, 제발 부탁합니다. 저 사람들을 배에 태워 주세요."

빅토리 호의 선장 라루는 고민 끝에 마침내 결단을 내렸다. 선원들에게 말했다.

"눈에 보이는 모든 사람들을 단 한 명도 빠짐없이 구출한다."

라루는 선원들에게 배에 있는 짐을 모두 버리게 했다. 그런 다음 피난민들을 태웠다. 정원 60명을 훌쩍 넘었다.

"선장님, 너무 위험합니다. 이러다가는 배가 가라앉을 수도 있어요."

선원들이 항의했다. 그럴 만했다. 60명 정원인 배에 무려 1만 4,000명을 태웠기 때문이었다.

"그렇다고 저들을 부두에 놓아두고 떠날 수 없다. 살고 죽는 것은 하나님께 맡기고 우리는 해야 할 일을 한다. 불평하지 마라."

배 전체가 마치 콩나물시루 같았다. 라루는 빅토리호가 간신히 물에 뜰 수 있을 때까지 사람을 태운 뒤에야

기적의 배, 메러디스 빅토리 호

출발 명령을 내렸다. 배 안의 사정은 말로 표현할 수 없을 정도였다. 최대한 많은 사람을 태워야 했기 때문에 음식과 물 조차도 싣지 않았다. 피난민들이 화장실에까지 꽉꽉 타고 있어서 용변 볼 곳도 없었다. 아니, 화장실을 가려고 움직일 수조차 없었다. 그 속에서 배에 탄 사람은 1월의 혹독한 추위와 배고픔을 견뎌야 했다. 땀 냄새와 오줌 냄새, 똥 냄새도 참아야 했다.

그렇게 빅토리 호는 3일 동안 항해를 했다. 하나님의 보호였을까, 배는 아무런 사고 없이 크리스마스 이브인 12월 24일에 부산항에 도착했다. 기적이었다. 사고는커녕, 발 디딜 틈 없는 배 안에서 다섯 아이가 태어났다.

간신히 도착한 부산항에는 이미 피난민과 배가 가득 차 있어서 입항이 거절됐기 때문에 빅토리 호는 또다시 거제항으로 가야 했지만 하나님의 가호는 계속됐다. 마침내 12월 25일 크리스마스에 무사히 거제도에 도착했다. 그때까지 다섯 아이는 무사했고 건강했다.

빅토리 호의 선장 라루는 전쟁이 끝난 뒤 수도사가 됐다. 놀라운 기적을 직접 겪었기 때문일 것이다.

영화 〈국제시장〉의 첫 장면은 바로 그 기적의 배 메러디스 빅토리 호 이야기를 소재로 삼고 있었다.

영화가 끝나고 엔딩 크레딧이 올라오는데도 이 회장은 자리에서 일어날 줄을 몰랐다. 영화와 함께 자신의 한평생과 잿더미에서 기적을 만들어 낸 대한민국의 현대사가 머릿속에서 펼쳐졌기 때문이었다. 이 회장과 대림산업은 그 현대사, 기적의 역사와 지금껏 함께 해 왔던 것이다.

영화관을 나올 때 마흔이 좀 넘은 딸이 이 회장에게 장난스레 말을 걸었다.

"아버지, 눈이 빨개요. 많이 우셨나 봐."

이 회장은 얼른 손수건을 꺼내 눈시울을 닦으며 대답했다.

"그래, 오늘은 그냥 마음 편히 울어 버렸다. 옛날 생각도 나고 자랑스럽기도 하고 또 아직까지 우리나라가 남북으로 갈라져 있는 게 안타까워서 그냥 눈물이 주르륵 흐르는구나."

딸은 금방 아버지의 마음을 헤아리고는 더 울적해지지 말라고 말을 돌렸다.

"아버지, 집으로 모셔다 드릴게요."

"아니다, 오늘은 좀 혼자 있고 싶구나. 너 먼저 들어가거라."

1·4 후퇴의
기억

딸은 걱정이 돼서 몇 번을 같이 모시고 다니겠다고 했지만 이 회장은 한사코 혼자 다니고 싶다고 거절했다. 영화가 준 울림도 컸지만 낮에 생각하던 문제에 대해 좀 더 고민해 보고 싶었기 때문이다.

'인천이었지. 나 역시 인천에서 전북 군산으로 피난을 가야 했었어. 엄마를 찾는 울음, 아이를 찾는 간절한 외침, 고함 소리, 비명 소리……. 아, 그때가 떠오르는군. 인천에 한번 가 볼까?'

이 회장은 인천항으로 향했다.

탁 트인 인천 앞바다를 바라보니 이 회장은 옛 피난 시절이 더 생생하게 떠올랐다.

이 회장은 1·4 후퇴 때 인천에서 화물선을 빌려 군산 방면으로 피난을 떠나야 했다. 배편이 없어 발을 동동 구르고 있다가 간신히 배편을 마련할 수 있었다. 하지만 그 배는 사람이 5명밖에 탈 수 없는 화물선이었다. 그리고 그 배에는 벌써 500여 명이 승선해 있었다. 정말 바늘 하나 꽂을 수 없는 지경이었다.

마침내 배가 떠나고 기나긴 항해가 시작됐다. 옴짝달싹도 할 수 없었는데 어린 준용은 갑자기 오줌이 마려웠다.

"엄마, 나 오줌 마려워요."

아무런 방법이 없었다. 엄마도 아무 말 없이 고개를 돌렸다. 방광이 터질 것처럼 부풀어 올랐고 결국 더 이상 참을 수 없어졌을 때 준용은 그냥 선 채로 소변을 봤다. 그때 오줌이 바지를 타고 내려가며 축축해지던 느낌은 평생

사람들의 땀 냄새,

지린내, 음식 냄새가

지옥처럼

피어올랐다

잊혀지지 않았다. 사람들의 땀 냄새, 지린내, 음식 냄새가 지옥처럼 피어올랐다.

지금 마시고 있는 그윽한 커피향과 짭조름한 바다 내음이 섞인 기분 좋은 냄새 속으로 그 시절의 냄새가 뚫고 피어오르는 것 같았다. 그리고 전쟁이 끝났을 때의 풍경이 떠올랐다. 모든 것이 폐허가 되어 있었다. 먹을 것이 귀해 시장에서 파는 꿀꿀이죽[•]을 먹다가 그 안에 섞인 미군의 담배꽁초를 건져냈던 기억도 났다. 꿀꿀이죽은 미군들이 먹다 버린 음식을 모아다가 팔팔 끓여 만든 음식이었다.

• 미군 부대에서 식사 후 남은 찌꺼기들을 한데 모아 펄펄 끓여 만든 음식. '돼지들이 먹는 죽'이란 뜻으로 '꿀꿀이죽'이라는 이름이 붙었다. 끔찍했던 전쟁이 끝났을 때 한반도는 폐허가 되어 있었고 모든 물자가 모자랐다. 당연히 먹을 것도 귀해서, 미군들이 먹다 남은 음식 찌꺼기들을 모아 음식을 만들었는데, 때로는 비닐과 담배꽁초도 섞여 있곤 했다.

전쟁이 끝난 뒤 아버지와 함께 다시 인천으로 돌아왔을 때, 인천의 풍경은 예전과 달랐다. 완전히 폐허가 되어 있었다.

'그렇게 모든 것이 6·25로 잿더미가 됐지만, 이 나라는 모진 고난 끝에 결국 이렇게 번듯하게 일어섰다. 이제 남은 것이 있다면…… 그건 통일이 아닐까?'

책임이 따르지 않는 권위는 있을 수 없다.

막스 베버

사회에서 성공하고 부를 쌓은 모든 사람들은
어떻게 사회에 부를 환원하고
불평등을 개선할 것인가를 깊이 생각해야 한다.

빌 게이츠, 마이크로소프트 회장

아버지의
등

인천에서 돌아오면서 이 회장은 집 대신 대림산업 4층 회장실로 향했다. 오늘은 좀 이것저것 생각할 것이 많았다. 조금 더 생각을 정리하고 싶었다.

회장실 소파에 깊이 몸을 묻으며 이 회장은 문득 아버지의 등을 떠올렸다. 어렸을 때는 그 등이 그렇게 넓고 탄탄하게 느껴졌다. 무섭도록 근면하고 철두철미하고 절약하던 아버지였다.

전쟁 전 부평경찰서를 신축하는 공사를 아버지가 맡았을 때였다. 그때 어린 준용은 아버지를 따라 공사 현장에 가게 됐다. 말없이 공사 현장을 거닐던 아버지의 눈이 반짝, 했다. 그러더니 허리를 굽혀 구부러진 못 하나를 주웠다. 옆에 있던 현장 감독을 매섭게 질책했다.

"이보게, 이렇게 멀쩡한 못을 버려두면 어떻게 하나? 못 하나라도 아껴야 잘살 수 있게 되지 않겠나? 물자가 모자라서 모두가 힘겨워 하고 있는 때야. 정신 바짝 차리게. 이 못은 펴서 쓰도록 하게."

어린 준용은 아버지가 그렇게 화내는 것을 처음 봤다. 어린 마음에 저 구부러진 못 하나가 뭐 그리 대단하다고 그러시나, 하는 마음도 생겼다.

그러고 있는데 이번에는 아버지께서 상점 직원 한 명을 불렀다.

"어머니 병환은 어떠신가? 차도가 있어야 할 텐데. 이 돈으로 약값을 하게."

조금 전까지만 해도 못 하나를 버려두었다고 화를 내던 구두쇠 같은 아버

지의 모습은 온데간데 없었다.

"아유, 매번 이렇게 챙겨 주시니…… 어떻게 은혜를 갚아야 할지……."

"못 하나라도 아껴야 잘살 수 있게 되지 않겠나"

아버지는 그 직원의 어깨를 두드려 주고는 발길을 돌렸다.

그날 밤 아버지는 준용을 불러 말했다.

"돈을 벌기 위해서는 한 푼이라도 아껴야 한다. 쓸 데없는 데 돈을 쓰는 사람치고 성공하는 사람은 없어. 구부러진 못 하나를 아까워하는 사람과 그렇지 않은 사람의 차이는 큰 법이다. 하지만 말이다. 어려운 사람을 돕거나 의미 있는 일을 하는 데에는 돈을 아껴서는 안 돼. 그러면 자린고비나 수전노에 지나지 않게 된단다. 돈을 버는 의미가 없는 거야. 알아듣겠지?"

아버지는 그런 분이었다. 틈만 나면 절약을 강조하셨고 시간 약속을 어기면 불같이 화를 내셨지만 어려운 처지에 놓인 사람은 그냥 지나치지 못했다. 그랬기에 직원들은 회사 일을 마치 자기 일처럼 여겼고, 아버지를 진심으로 존경했다. 고객이 되었던 이들도 그런 아버지를 신뢰하고 다음에도 일을 맡기곤 했다. 준용은 그런 아버지의 모습에서 '제대로 돈을 번다는 것'에 대해 알게 된 것 같았다.

그리고 아버지는 근면했다. 아버지가 언젠가 '새벽탕'에 대해 이야기를 들려준 적이 있었다.

"예전에 준용이 네 할아버지, 그러니까 내 아버지의 사업을 도우며 영업을 할 때였지. 낮에 거래처에 수금을 나가면 만나야 할 사람이 자리를 비우거나 외출 중인 때가 많았어. 자주 허탕을 치곤 했지. 그래서 생각해 낸 게 '새벽탕'이야."

"'새벽탕'이요? 그게 뭔가요?"

"새벽에 수금을 나가는 거지. 그러면 허탕을 칠 일이 없었어. 대림의 초창기 때 간부 사원들도 모두 새벽 4시면 일어나서 발주처의 담당자 집을 찾아 나서는 것이 하루 일과의 첫 순서였어. 그걸 '새벽탕'이라고 불렀지."

"아……."

"실제로 밥 먹기 전에 두어 시간씩 일을 해 보면 아침 밥맛도 좋고 건강에도 이롭지. 게다가 새벽부터 그렇게 뛰면 엄청난 일을 해낼 수가 있었다. 그게 오늘의 대림을 일궈 낸 원동력이 됐지."

아버지는 그렇게 틈틈이 근면을 가르쳤다. 그 덕에 이준용 회장은 어려서부터 '사람은 우선 부지런해야겠다'는 것을 온몸에 새길 수 있었다.

전쟁이 끝나고 본격적으로 경제 개발이 시작되자 아버지는 더욱 바빠졌다.

'그래, 아버지는 내게 등으로 기억되지. 아침에 부시럭 소리에 잠이 설핏 깨서 눈을 부비고 보면 항상 일하러

나가시는 아버지의 등이 보였지.'

그 시절은 누구나 다 그랬을 것이다. 그 시절의 아버지들은 자식에게 뒷모습만을 보여 줄 수밖에 없었다. 전쟁으로 폐허가 된 나라를 일으켜야 했으니까 말이다.

하지만 그렇게 바쁜 중에도 아버지는 아주 짤막짤막한 대화로 이 회장을 가르쳤다. 이 회장이 기업을 경영해 나갈 때 아버지의 그 '촌철살인의 경구'들은 큰 도움이됐다.

'다루기는 힘들어도 황소가 일을 잘하는 법이야. 젊은이에겐 패기가 있어야 돼. 지시나 명령에 맹종하는 것보다는 정당한 이유가 있으면 이를 밝히고 자기의 의견을 분명히 말할 수 있는 젊은이라야 장래에 희망이 있어.'

'어느 한 놈 똑똑하다고 현장이 잘되는 것은 아니야. 여럿이 힘을 합치면 태산도 움직일 수 있거든. 혼자서는 가래질을 못 하는 법이야.'

'한평생을 살아오면서 나는 이것만은 꼭 지켜야겠다

고 생각했고 또 실천해 왔지. 그건 약속, 시간 약속이야.
제일 쉬운 시간 약속도 지키지 못하면서 무슨 큰일을 하
겠어?'

'풍년이 들면 굶어 죽는 사람이 있어도 흉년 든 해는
곡식이 남아도는 법이야.'

아버지가 길을 가다가, 또는 회의를 하다가 무심코
툭툭 던지는 듯한 이런 말들은 아버
지의 삶의 무게가 얹어져 듣는 이
회장에게는 은연중에 사업가
로서의 기본을 다지는 밑거
름이 되었다.

이 회장은 그 시
절이 마치 어제인 듯
애잔하게 느껴졌다.

'그래, 그 시
절의 아버지들은

정말 아무것도 가진 것 없이 두 주먹으로 시작한 분들이었지. 전 세계에서 가장 빈곤한 나라가 전쟁으로 인해 한 번 더 풍비박산이 났으니까. 그 막막한 잿더미 위에서 대한민국이라는 기적을 만들어 냈던 거였어…….'

경부고속도로

다음 날 아침 일찍 이 회장은 기사를 불렀다.

"오늘은 나와 좀 긴 여행을 해 줘야 할 것 같네. 9시에 출발할 테니 준비해 주게."

차에 올라탄 이 회장은 경부고속도로*를 달려 달라고 기사에게 부탁했다. 기사는 처음 있는 일이라 고개를

* 1968년 2월 1일 공사를 시작해서 1970년 7월 7일 전 구간 왕복 4차선으로 개통된 고속도로. 부산광역시 금정구 구서동부터 서울특별시 서초구 양재동에 이르는 400여 킬로미터의 이 고속도로가 개통되면서 전국이 1일 생활권 안에 들어오게 됐다. 수도권과 영남 공업 지역을 잇고 인천항과 부산항의 2대 수출입항을 연결하는 국가 경제의 대동맥 역할을 하고 있다.

갸웃했지만, 곧바로 차를 몰고 경부고속도로를 향했다.

서울 톨게이트를 지나 얼마를 가니 교통 체증이 줄어들면서 속력을 높일 수 있었다. 차가 기분 좋게 흔들렸다. 이 회장은 창밖을 내다보았다. 차창 밖으로 파란 숲과 연둣빛 논밭이 반대편으로 달리고 있었다.

'박정희 대통령은 독일에서 이 도로를 구상했다고 하지, 아마.'

그랬다. 수도 서울과 대한민국 최고의 항만이 있는 부산을 연결하는 경부고속도로를 구상한 건 박정희 대통령이었다.

1964년 박정희 대통령은 독일을 방문했다. 독일에서 경제 발전을 위한 차관을 빌리기 위해서였다. 그 조건으로 대한민국은 한창 경제 발전을 이루고 있던 독일에 광부와 간호사를 파견**해 주기로 약속했다. 이미 1963년

** 1960년대 대한민국은 기술도 자본도 없었기 때문에 경제 발전을 위해서는 외국의 '차관'이 필요했다. 하지만 가난한 나라에 선뜻 돈을 빌려줄 나라는 없었

에 247명의 대한민국 젊은이들이 독일로 떠났다. 그들은 지하 1,000미터, 평균 35도를 넘는 살인적인 환경에서 치열하게 일하고 있었다. 그들을 위로하고 치하하는 목적도 있었다.

당시 독일의 수도였던 본에서 일정을 마치고 쾰른으로 향하는 아우토반*** 위에서 박정희 대통령의 마음은 굳어졌다.

'이런 도로를 만들자.'

독일의 뤼브케 대통령은 독일 경제 부흥의 상징이

다. 미국조차 빌려주지 않는 돈을 우리와 마찬가지의 분단국가였던 서독에서 간신히 빌리게 되었는데, 그 대가로 당시 급속한 경제 발전으로 노동력이 필요했던 독일 정부는 광부와 간호사 파견을 요청했다. 이에 따라 대한민국 정부는 1963년부터 순차적으로 8,000여 명의 광부와 1만여 명의 간호사들을 독일에 파견했고, 이들이 이역만리 타국에서 고생 끝에 벌어들인 외화는 국가 경제 발전의 밑거름이 됐다.

*** 독일의 자동차 전용 고속도로로 정식 명칭은 라이히스 아우토반(Reichs Autobahn)이다. 1932년 쾰른과 본 사이를 왕래하는 최초의 아우토반이 완공됐고, 오늘날에는 총길이가 1만 1,000킬로미터에 이른다. 제2차 세계대전 당시 군사 목적으로 만들어지기 시작했지만, 이후 독일을 세계 굴지의 자동차 대국으로 성장시키는 초석이 되었고, 독일 경제 부흥에 크게 기여했다.

'아우토반' 고속도로라고 했다. 에르하르트 독일 총리도 제2차 세계대전으로 잿더미가 된 독일이 '라인 강의 기적'****을 만들어 낼 수 있었던 이유 중 하나가 잘 닦여진 아우토반 고속도로라고 이야기해줬다. 그는 그래서 아우토반 고속도로를 달릴 때마다 숙연해진다고 고백했다.

박 대통령은 깊이 공감했다. 대한민국의 경제를 발전시키고 지독한 가난의 고리를 끊어 내려면 경부고속도로가 절실히 필요했다. 그 당시에는 서울에서 부산까지 가려면 15시간이 걸렸다. 그래서는 산업을 발전시킬 수가 없었다.

박 대통령은 독일에서 만난 광부들을 보며 더욱 그런 결심을 굳혔다. 한국인 광부들은 수만 리 떨어진 타향에서, 지하 1,000미터의 막장에서, 다시는 자신들이 겪은 가난을 자식 세대에게 물려주지 않겠다는 각오로 빈곤과

**** 제2차 세계대전 이후 비약적으로 발전한 서독의 경제 부흥을 지칭하는 말이다. 독일에서는 '경제 기적(Wirtschaftswunder)'이라고 부른다.

싸우고 있었다.

그들을 보며 박 대통령은 그들을 위해 할 수 있는 일
은 대한민국의 경제를 하루라도 빨리 부흥시키는 일이라
고 뼈저리게 느꼈다. 대한민국의 경제 발전을 위해 물류

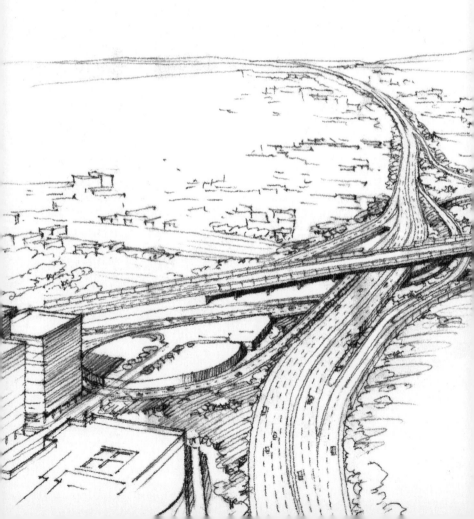

의 대동맥이 되어 줄 경부고속도로의 건설은 이제 촌각을 다투는 과제가 되었다.

그날 이후로 박 대통령은 경부고속도로 건설에 매달렸다. 어떤 난관이 부딪쳐 와도 절대 밀리지 않았다. 시공 업체가 부족하면 군대를 투입했고, 외국에서 차관을 빌려 주지 않으면 나라 예산을 어떻게든 추렴해서 돈을 댔다.

귀국한 박 대통령은 일단 현대건설의 정주영[*] 회장

• 일제강점기와 6·25 남침전쟁이라는 시련 속에서 현대그룹을 창업한 세계적인 기업가. 해방 전 '경일상회'라는 미곡상으로 사업에 성공했지만 1940년 중일전쟁이 장기화되면서 가게를 정리하고 자동차 정비업을 시작했다. 해방 후에 본격적으로 자동차 정비업에 뛰어들어 '현대자동차 공업사'라는 자동차 수리 공장을 운영했다. 이때 '현대'라는 상호가 처음 탄생했다. 이후 건설업에 뛰어들어 1947년에는 현대토건사를 설립했고, 6·25 남침전쟁이 발발했을 때에도 부산 미군 주둔지의 막사 공사를 맡아 사업을 성공적으로 키웠다. 전쟁이 끝나고 전후 복구공사들을 맡으며 사세를 키워 갔다. 1970년대 건설, 교통, 자동차, 조선, 발전, 기계, 시멘트 사업 등에 진출해 현대그룹을 세계 굴지의 기업으로 올라서게 했고 이

을 청와대로 불렀다. 당시 고속도로를 만들어 본 회사 자체가 대한민국에는 없었다. 오직 한 곳, 현대건설만이 태국의 열대 우림 지역 안에 있는, 파타니부터 나라티와트까지의 고속도로 공사를 성공시킨 경험이 있었다.

게다가 정주영 회장은 전후 복구공사 중 최대 규모인 낙동강 고령교 복구공사를 2년 만에 해낸 강철의 사나이였다. 홍수와 수심 변화가 심했던 낙동강 바닥 깊이 박

후 금융, 반도체, 물류, 엘리베이터 등으로 사업을 다각화했다. 현대그룹의 성장사는 대한민국의 경제 발전과 궤를 같이한다고 할 만큼 정주영 회장은 굵직굵직한 과업들을 수행해 냈다. 경부고속도로 건설 사업을 비롯해, 자동차 산업과 조선소 건설 등을 특유의 뚝심과 창의성을 바탕으로 일궈 냈다. 그가 거북선이 그려져 있는 500원짜리 지폐 한 장과 조선소 예정 부지인 미포만의 백사장 사진한 장만으로 영국으로부터 차관을 얻어 낸 일화나 충남 태안반도 남쪽의 천수만 간척 사업 때 낡은 유조선을 침몰시켜 빠른 물살을 막고 공사를 성공시킨 일등은 세계를 깜짝 놀라게 한 기개와 발상으로 지금도 회자되곤 한다. 2001년 3월 21일 86세의 일기로 영면한 정주영 회장은 대한민국 경제 발전에 공헌한 공으로 금탑·동탑 산업훈장과 국민훈장 동백장, 국민훈장 무궁화장을 수훈했고 2006년 「타임」지에서 선정한 '아시아의 영웅'으로 뽑혔다.

한편 정주영 회장과 한국 경제를 이끌어 온 대표적인 기업가로 **삼성을 창업한 호암 이병철 회장**을 빼놓을 수 없다. 가난한 농사꾼 집안에서 태어난 정주영 회장과는 달리 이병철 회장은 의령과 진주 근방의 천석꾼 집안에서 태어났다. 부친에게서 받은 300석의 자금으로 정미소를 차려 도정 사업을 하고 그 성공을 발판으

힌 거대한 교각의 상판을 들어올려야 했다. 난공사 중의 난공사였는 데다가, 착공 계약 당시보다 기름값이 세 배 이상 뛰어서 큰 빚을 지게 되기까지 했지만 정 회장은 신용과 뚝심으로 그 공사를 해냈다. 그러니 그 사람밖에 없었다. '단군 이래 최대의 토목공사'가 될 경부고속도로는 정 회장밖에 해낼 사람이 없었다.

　　박 대통령이 현대건설의 정주영 회장을 청와대로 불

로 운송 사업에도 뛰어들어 몇 년 사이에 200만 평을 소유한 대지주가 됐지만, 중일전쟁 이후 실패를 맛보게 됐다. 다시 사업을 시작한 이병철 회장은 별표국수와 조선양조를 통해 큰돈을 벌었지만 1941년 태평양전쟁이 발발하자 고향으로 낙향해 3년간 칩거했다. 해방이 된 뒤 삼성물산을 세우고 무역을 통해 큰돈을 벌었다. 6·25 남침전쟁 시 부산에서 고철을 수집해 일본에 팔고, 그 수익금으로 홍콩에서 설탕과 비료를 수입하는 무역업을 통해 큰돈을 벌었다. 이후 제일제당과 제일모직 등을 설립하며 제당, 모직, 섬유, 제지 등 수입 대체 산업의 선두주자가 되었고 보험과 금융업, 전자, 유통, 의류, 섬유 등 국가 기간산업 발전을 주도하며 한국 경제의 근대화를 이끌었다. 중앙일보와 동양방송 같은 언론사를 세우는 한편으로 1970년대에는 수출 증대와 함께 중화학공업과 방위산업에도 진출했다. 특히 삼성전자를 설립함으로써 삼성그룹을 한국의 최고 기업에서 세계의 초일류 기업으로 발돋움하도록 이끌었다. 1987년 11월 27일 78세를 일기로 타계한 이병철 회장은 삼성문화재단, 호암미술관 등을 만들면서 대한민국 문화예술의 창달에도 크게 기여했다. 대한민국 정부는 이병철 회장의 업적을 기려 국민훈장 무궁화장을 추서했다.

렸다.

"정 회장, 임자가 경부고속도로 건설을 맡아 주시오."

"네."

"공사비가 얼마면 되겠소?"

"380억 원이면 해낼 수 있을 것 같습니다."

사실 박 대통령은 당시 곤혹스러웠다. 경부고속도로를 닦을 돈이 잘 마련되지 않았기 때문이었다. 원래 박 대통령은 외국의 차관을 빌려 경부고속도로를 닦으려 했다. 하지만 외국에서 돈을 빌려주지 않았다. 사업성이 없다는 이유에서였다.

그러자 박 대통령은 예산을 탈탈 긁어모으기로 했다. 각 부서에서 최대한 긁어모은 돈이 400억 원가량 됐다. 그해 국가 예산의 23.6%에 해당되는 엄청난 돈이었다. 하지만 다른 나라들이 쓰는 비용과 비교해 보면 턱없이 모자란 돈이었다. 당시 건설부에서는 700억 원의 예산이 필요하다고 했다. 그런데 정주영 회장이 그렇게 나서

준 것이었다. 박 대통령
은 430억 원의 예산을
주며 공사를 부탁했다.

해야만 했다
기계가 없으면 맨손으로
해야 했다

　　해야만 했다. 기계
가 없으면 맨손으로 해야 했다. 건설을 맡을 기업이 없으
면 군대라도 투입해야 했다.

　　실제로 박 대통령은 공병대를 투입하기까지 했다.
최대한 빠른 시일 내에 공사를 마무리 지어야만 한정된
예산으로 고속도로가 닦일 것이었다. 현대건설을 비롯한
16개 건설사가 투입된 경부고속도로 공사는 1968년 2월
1일 그렇게 시작됐다.

상속세 폐지는 혐오스러운 일이다.
유산보다는 능력에 의해 성공할 수 있는 사회를 만들어야 한다.
부가 왕조적으로 세습되어서는 안 된다.

워런 버핏, 버크셔 헤더웨이 회장

책임감이 있는 이는 역사의 주인이요, 책임감이 없는 이는 역사의 객(客)이다.

도산 안창호

무모할 수밖에 없었지만
그래서 강력했다

경부고속도로 공사는 전투나 다름없었다. 나라 경제를 일으키기 위한 전투였다. 그러니 휴일은 있을 수 없었다. 잠자는 시간을 빼고 하루 19시간씩 공사에 매달리는 나날들이 이어졌다. 불도저가 모자라서 수백 명이 삽을 들고 땅을 팠다. 15킬로미터를 공사하기 위해 1,500명이 투입된 적도 있었다.

그해 겨울 어느날, 정주영 회장에게 현장 감독이 달려왔다.

"땅이 꽁꽁 얼어붙었습니다. 삽도 안 들어가고 불도

저로 밀어도 땅이 파이지 않습니다. 날이 풀릴 때까지 기다려야 할 것 같습니다. 어쩔 수 없어요."

그러자 정주영 회장이 잠깐 생각한 뒤 지시를 내렸다.

"일단 인근 농가에서 짚을 구해다가 공사 구간에 죽 까세요. 그 위에 휘발유를 뿌리는 겁니다. 그리고 거기에 불을 지르면 얼었던 땅이 녹아서 공사를 진행할 수 있을 겁니다."

'공사 기간이 길어지면 공사 비용이 천정부지로 치솟는다. 그러면 경부고속도로 건설은 불가능해진다. 어떻게든 기한 내에 공사를 완료해야 한다.'

박 대통령과 정주영 회장의 생각은 그랬다. 그랬기에 겨울이 와서 땅이 꽁꽁 얼어붙어도 공사를 중단할 수가 없었다. 궁하면 통하는 법이다. 안

해야 된다고 생각하면
어떻게든
아이디어가 떠오른다

된다고 생각하면 공사를 중단할 수밖에 없지만, 해야 된다고 생각하면 어떻게든 아이디어가 떠오른다. 그게 정주영 회장의 방식이었다.

이준용 회장이 탄 차는 어느덧 금강휴게소에 닿았다. 이 회장은 언젠가 건설교통부가 '한국의 아름다운 길 100선'을 꼽을 때 금강 1교부터 4교까지의 경부고속도로 구간도 포함했던 기사를 읽은 적이 있었다. '터널과 교각을 설치하여 자연 파괴를 최소화함으로써 친환경 도로 건설의 표본이 되었고, 수려한 주변 경관과 구조물의 아름다운 조화미를 보여 주는 대표적인 구간'이라고 설명이 되어 있었다.

'지금은 그토록 아름다운 길로 꼽히지만, 1970년 무렵에는 지옥의 코스였지.'

이 회장은 계장으로 대림산업에 입사한 지 얼마 안 되었던 때를 떠올렸다. 이 회장은 1966년에 영남대 교수를 그만두고 아버지의 권유로 대림산업에 입사했었다. 그리고 2년 뒤 경부고속도로 건설 사업이 시작됐다. 대림산업도 한 축을 맡았다. 그 무렵, 금강휴게소 남쪽으로 25킬로미터 떨어진 곳에 있는 당재터널 공사의 무용담이 경부고속도로 건설에 참여했던 업체들 사이에서는 전설처럼 회자되곤 했다.

이 터널을 뚫는 공사는 정말 힘든 일이었다. 땅이 토사로 된 퇴적층이었기 때문에 발파 작업을 하면 토사가 산더미처럼 쏟아져 내렸다. 파내면 토사가 내려오고 다이너마이트를 터뜨리면 산사태가 났다. 공사비가 한정 없이 들어가는 것도 문제지만 건설 인부들이 많이 다치는 것이 더 큰 문제였다.

정주영 회장이 고민에 빠져 있을 때, 누군가가 아이디어를 냈다.

"조강시멘트를 쓰면 어떨까요?"

일반시멘트로 콘크리트 시공을 하면 마르기도 전에

무너지기 때문에, 훨씬 더 빨리 마르는 조강시멘트를 쓰자는 것이었다. 보통 콘크리트로 시공을 하면 마를 때까지 1주일을 기다려야 했지만 조강시멘트를 쓰면 12시간 만에 굳었다.

하지만 공사 관계자들이 그 말을 듣고 기겁을 했다.

"그건 불가능합니다. 너무 비싸기도 하지만 공사에 필요한 만큼의 조강시멘트를 구할 수도 없어요."

그 말처럼 조강시멘트는 엄청나게 비쌌다. 게다가 그 당시에는 생산량도 많지 않았다. 관계자들이 입을 모아 반대하는 건 어쩌면 당연했다. 그때 정주영 회장의 눈이 빛났다.

"왜 안 돼? 해 보지도 않고 안 된다고 그러지 마. 조강시멘트 공법을 쓰자."

정 회장은 일단 현장에서 200킬로미터 가량 떨어진 단양의 시멘트 공장의 생산 라인을 통째로 바꿔 조강시멘트를 생산하도록 했다. 그렇게 만들어진 조강시멘트로 콘크리트를 만든 다음, 수백 명의 인원을 동원해 인해전술로 갖다 발랐다.

"어쩔 수 없어. 비용만 생각하다가 공사 기간이 늘어나면 더 큰 비용이 든다. 지금은 일단 주판을 엎어. 계산하지 말고 공사를 마무리할 생각만 하자."

경부고속도로 건설의 최대 난코스는 그런 과정을 거쳐 마침내 공사를 마무리지을 수 있었다.

경부고속도로의 오산~대전 구간과 대전~대구 구간의 상당 부분 공사를 맡은 대림산업도 숱한 어려움을 이겨내야 했다. 대전 근방의 삼성골 하천 부지에서 공사를 할 때는 원래 논이었던 평지가 약간만 비가 내리면 쑥쑥 꺼졌다. 중장비가 들어갈 수 없는 연약 지반이었다. 그래서 지반을 다져 나가면서 공사를 진행시켜야 했다. 대전시 문평동부터 상서동까지의 공사 구간에서는 곳곳에 스펀지 현상이 발생해서 공사 진행이 지지부진해지곤 했다. 결국 고심 끝에 따로 배수로를 파서 땅을 건조시키며 공사를 해 나가야 했다.

충북에 있는 당치터널에서 도내터널까지의 공사 때는 인가 한 채 없는 산간벽지였기 때문에 20킬로미터나 떨어진 곳에서 인부들을 모아 출퇴근을 시켜 가며 시공해야 했다. 게다가 거의 바위산이나 다름없는 산을 뚫고 도로를 내야 하는 공사였다. 산을 깎아 내린 절벽의 높이가 40미터나 됐다. 그러다 보니 중장비를 가동하는 시간이 한 달에 600시간을 넘어선 적도 있었다. 하루 24시간을 쉬지 않고 가동시킨 것이나 다름없었다.

경부고속도로 공사는 그런 난공사들의 연속이었다. 그래서 금강 상류의 강기슭에 만든 대림산업의 경부고속도로 현장 본부는 마치 야전군의 지휘소 같았다. 현장 본부에 '一心(일심)'이라는 구호를 크게 써붙여 놓고 모두가 작업에 임하는 결의를 다졌다. 그때 현장에서 분투했던 대림 직원들의 마음속에는 국가 기간 산업의 건설에 참여한다는 자부심으로 가득 차 있었다.

경부고속도로는 그렇게 만들어졌다. 결국 1970년 7월 7일, 산을 뚫고 다리를 놓아 가며 진행한 총 400여 킬로미터의 4차선 '경부고속도로'가 완공되었다. 세상에서 가장 값싸게, 가장 빨리 만들어진 고속도로였다. 한마디로 '기적의 고속도로'였던 것이다. 그 도로의 건설 공사에 대림산업도 한 축을 담당했었다는 것이 너무도 뿌듯했다.

'그래, 그 이후로 이 도로는 우리 경제의 젖줄이 되었지.'

1970년 7월 7일 총 400여 킬로미터의 4차선 '경부고속도로'가 완공되었다

다들 미쳤다고 했다. 달릴 차도 없는데 그렇게 천문학적인 돈을 처넣으면 어떻게 하느냐는 항의도 있었다. 부자들이 놀러 다니는 도로가 될 거라는 저주도 있었다. 몇몇 정치인들은 공사를 시작하지 못하게 공사 현장에 드러눕기까지 했었다. 그러나 큰일에는 항상 잡음이 끼기 마련인 법. 그때 묵묵히 그리고 열정적으로 공사에 참여했던 것에 대해 아버지 이재준 회장은 늘 이렇게 말씀하시곤 했다.

"근시안적인 수익을 보고 움직여서는 안 된다. 한국의 미래까지 책임질 수 있는 사업을 해야 한다."

그때 아버지의 말씀처럼 경부고속도로 건설은 한국의 미래를 책임질 수 있는 사업이었다. 이후 경부고속도로는 대한민국 물류의 대동맥과 같은 역할을 하며 '한강의 기적'*이 가능하도록 했으니 말이다.

이준용 회장의 마음이 다시 부풀어 올랐다.

---

* 대한민국의 눈부신 경제 성장을 이르는 말. 1950년대 6·25 남침전쟁으로 폐허가 된 대한민국을 두고, 세계 각국의 전문가들은 한국 경제가 이토록 놀랍게 발전할 줄은 상상조차 하지 못했다. 그러나 대한민국은 정부와 기업, 국민들이 일심단결하여 전 세계가 깜짝 놀랄 만큼의 눈부신 경제 성장을 이뤄 냈다. 단적으로 1953년의 GDP는 13억 달러였던 반면, 2007년에는 1조 달러로 770배나 성장했다. 이를 두고 제2차 세계대전 이후 독일의 눈부신 경제 성장을 의미하는 '라인 강의 기적'을 따서 '한강의 기적'이라 불렀다.

민족의 염원을 담은 사업에
돈을 아낄 수 없다

"회장님, 계속 내려갈까요?"

운전기사가 조심스럽게 이 회장에게 물었다. 상념에 빠져 있던 이 회장이 감았던 눈을 뜨고 말했다.

"일단 독립기념관에 잠시 들렀으면 하네."

그러자 운전기사는 잠깐 의아해하다가 고개를 끄덕였다. 이 회장이 무엇 때문에 경부고속도로를 달리자고 했는지 알 것 같았기 때문이었다. 경부고속도로, 독립기념관, 포항제철, 모두 대림산업의 손길이 닿아 있는 곳이었다. 회장은 그곳들을 둘러보고 싶었던 것이다. 어제 인천에 다녀오자는 것도 마찬가지 이유에서였으리라는 생각이 든 기사는 더 이상 묻지 않고 조용히 차를 몰았다. 차는 미끄러지듯 도로 위를 달려 나갔다.

독립기념관으로 향하는 차 안에서 문득 이 회장에게 그날의 일이 떠올랐다.

"회장님, 공사 중이던 천안 독립기념관에서 큰 불이 났습니다."

1986년 천안 독립기념관* 준공을 11일 앞뒀을 때였다. 청천벽력 같은 소식이었다. 이 회장은 눈앞이 아득해지는 것 같았다. 그 건물 공사는 그냥 단순한 공사가 아니

• 1987년 8월 15일 충청남도 천안시 목천읍에 개관된 종합적 학술전시관으로 독립운동에 관한 유물과 자료를 수집·보존·관리 및 전시하고 있다. 1945년 광복 직후부터 독립기념관을 세우자는 논의는 있어 왔는데 1982년 일본의 교과서에 실린 식민지 서술 부분이 심각하게 왜곡되어 대한민국 국민들의 분노를 일으켰고, 그 분노가 국민운동으로 번져 국민 성금 약 500억 원이 모금됐다. 국내외의 자료와 유물도 수집됐다. 1986년 4월 8일 국회에서 '독립기념관법'이 통과되었고 1986년 8월 15일 개관할 예정으로 공사가 진행됐지만, 그해 8월 4일에 뜻하지 않은 화재가 발생해서 1년 뒤인 1987년 8월 15일에 개관했다. 현재 총 9만여 점의 유물이 전시·보존되고 있다.

었다. 일제 36년간의 아픔을 달래고 그 치욕을 기억하기 위한 민족의 염원이 담긴 사업이었다.

원래 독립기념관 건립에 대해 이야기가 시작된 건 광복 직후부터였다. 그 뒤 1975년 독립운동사편찬위원회가 주최한 '광복 30주년 기념 심포지엄'에서 정식 안건으로 기념관 건립이 채택되어 정부에 건의했는데 성사되지 못했다.

그러다 1982년에 일본이 교과서를 만들면서 식민지 지배를 왜곡하는 내용을 담자 격분한 대한민국 국민들이 국민운동 차원에서 기념관 건립을 추진하게 됐다. 이후 독립기념관 건립추진위원회가 결성됐고, 약 500억 원에 이르는 성금이 모금됐다. 그렇게 추진된 사업이 바로 독립기념관 공사였다.

그랬기에 당연히 다른 그 어떤 공사보다도 정성을 기울였는데, 그 건물이 완공을 11일 앞두고 화재가 나다니……. 이 회장의 명치끝이 아파 왔다.

"'겨레의 집' 천장 쪽에서 화재가 발생해 중앙 부분과 바닥 석재가 파손됐습니다. 피해액은 약 19억 원 정도로 추정되는데, 주기둥과 주철골 등의 건물 골격은 피해를 입지 않았습니다. 정말 다행인 건 기념관에 전시할 자료와 유물은 따로 보관되어 있어서 피해가 없었습니다. 또한 저희 잘못은 아닌 것으로 판명이 나서 손해액은 없습니다……."

직원의 추가 보고가 있었지만 이 회장에게는 들리지 않는 듯했다.

'나라를 빼앗겼을 때 뜻이 있는 선비는 전 재산을 털어 나라를 구하는 데 뛰어들었다. 물론 지금이 식민지 시절은 아니다. 그러나 독립기념관 공사는 대한민국과 우리 민족의 정신이 담긴 것이다. 여기에 돈을 아낄 수는 없다.

독립 기념관 공사는 대한민국과 우리 민족의 정신이 담긴 것이다 여기에 돈을 아낄 수는 없다

이 일은 무조건 우리 대림이 책임져야 한다. 그러지 않으면 조상님과 국민을 뵐 낯이 없다.'

이 회장은 곧바로 간부들을 불러 모았다.

"원인이 어디에 있든 이번 화재는 전적으로 우리 대림산업이 책임집니다. 화재 복구 비용 전액을 우리 회사에서 부담하도록 합니다. 부디 당초보다 더 좋은 건물을 지어 주십시오. 독립기념관 건립은 그냥 돈을 벌기 위한 사업이 아닙니다. 대한민국 국민의 염원을 모아 짓는 건물입니다. 그래서 이런 결정을 한 것이니 모두 헤아려 주시기 바랍니다."

간부들은 이 회장의 단호한 결정을 따를 수밖에 없었다. 국내외에서는 독립기념관 복구 비용으로 성금을 모으자는 의견도 있었지만 이준용 회장은 단 한 푼의 성금도 받을 수 없다며 사양했다.

실제로 사우디아라비아에서 제관공으로 근무했던 박한순 씨가 벽돌 한 장이라도 보탬이 되었으면 좋겠다는 위로의 서신과 함께 일금 10만 원을 정액통신 환증서로 보내온 적이 있었다. 하지만 일체의 성금을 받지 않기로 한 이 회장은 정중한 사절의 편지와 함께 되돌려 보냈다.

이 회장은 공동체를 지키는 '노블레스 오블리주'*가 무엇인지 잘 알고 있었던 것이다. 사실 로마 제국 2,000년 의 역사를 지탱해 준 힘은 노블레스 오블리주였다. 한 공 동체에서 부와 명성과 권력을 누리는 사람이 갖는 일종의 '의무'가 바로 노블레스 오블리주다.

로마의 귀족들은 전쟁이 일어나면 가장 먼저 적과 싸웠다. 가장 위험한 순간에 먼저 나섰다. 또 평화 시에는 자신의 재산을 사회에 환원하곤 했다. 전쟁의 천재라 불 리는 명장 한니발이 이끄는 카르타고 군이 알프스 산을

---

* '노블레스 오블리주'는 프랑스 어로 높은 사회적 신분에 상응하는 도덕적 의무 를 뜻하는 말이다. 노블레스는 '귀족'이란 뜻이고 오블리주는 '책임이 있다'는 뜻으로, '귀족들의 도덕적 의무'라는 의미를 가진 말이다. 그러나 귀족이라는 신 분이 유명무실해진 오늘날에는 '사회지도층의 책무'를 뜻하게 됐다. 즉, 현대 사 회에서 부와 명예, 권력을 갖고 있는 사회지도층에게는 그에 상응하는 도덕적 책임과 의무가 따르는데 이를 노블레스 오블리주라 한다.

넘어 로마로 쳐들어왔던 때가 있었다. 제2차 포에니 전쟁이라 불리는 이 전쟁은 무려 16년간 지속됐다.

그런데 놀라운 건 이 전쟁이 벌어지는 동안 전사한 집정관(로마의 최고지도자)이 무려 13명이었다는 사실이다. 그들이 최선봉에서 싸웠기 때문이었다. 또 로마 건국 이후 원로원에서 귀족이 차지하는 비중은 점점 줄어들었다. 그 이유 역시도 전쟁에서 귀족이 많이 죽었기 때문이었다.

게다가 로마의 귀족은 공공시설을 복구해야 하거나 재건축을 해야 하게 되면 거리낌없이 개인 재산을 내놓았다. 빈곤 퇴치를 위해서도 마찬가지였고 후속 세대를 육성하기 위한 돈으로도 자주 기부했다.

그건 로마의 귀족이, 자신이 로마라는 공동체에서 수많은 혜택을 받았다는 사실을 자각하고 있었기 때문이다. 만약 그 공동체가 무너지면 그런 혜택이 돌아오지 않을 것이라는 사실도 잘 알고 있었다. 그래서 공동체를 유지하는 데 힘을 보태는 것은 귀족의 의무였다. 그런 귀족들의 솔선수범과 희생정신이 있었기 때문에 로마라는 공동체는 세계를 호령하는 제국이 될 수 있었다.

구한말 일본에게 나라를 빼앗기게 될 무렵, 독립의 열망을 품고 전 재산을 바친 인물이 우리나라에도 있었다. 바로 신흥무관학교*를 설립한 이회영이었다. 1905년 을사조약**이 체결되었을 때부터 조약철회운동, 을사오

• 신흥무관학교는 1911년 이회영 형제들과 이동녕 등의 군인 출신들이 중심이 되어 중국 서간도 길림성 류하현에 개교된 독립군 양성 학교다. 처음에는 일제의 눈을 피하고 중국 당국의 양해를 얻기 위해 '신흥강습소'라는 이름을 붙였다가 1919년 3·1운동 이후 '신흥무관학교'로 이름을 바꿨다. 신흥무관학교 졸업생들은 대한독립군, 대한민국 임시정부 광복군 등에 참여해 무장 독립운동의 한 축을 차지하며 해방에 크게 기여했다. 현 경희대학교의 전신이기도 하다.

•• 1905년 일본이 대한제국에게 강제로 맺게 한 조약이다. 대한제국의 외교권 박탈, 통감부 설치 등을 주요 내용으로 하는 이 조약으로 인해 대한제국은 사실상 일본의 식민지로 전락하게 됐다. 을사늑약이라고도 한다.

적[*] 암살 모의, 신민회^{**} 조직, 헤이그 밀사^{***} 파견, 교육
진흥운동 등을 펼치던 그는 1910년 일제에 의해 강제로
조선이 합방되자 독립운동에 뛰어들기로 결심했다.

그는 먼저 형제들을 설득했다.

"나라를 빼앗겼는데 재산이 무슨 의미가 있단 말입
니까?"

* 1905년 대한제국에서 을사조약에 찬성했던 학부대신 이완용, 군부대신 이근
택, 내부대신 이지용, 외부대신 박제순, 농상공부대신 권중현, 이 다섯 사람을
가리킨다. 이들은 이후 매국노의 대명사가 되었고, 숱한 암살 위협에 시달려
야 했다.

** 1907년 윤치호, 안창호, 장지연, 신채호 등이 민중을 계몽하고 실력을 양성하
여 국권을 회복하기 위해 비밀리에 조직한 항일 독립운동 단체. 교육구국운동
과 계몽 강연, 서적과 잡지 출판, 민족산업진흥운동, 독립군 양성운동 등의 활
동을 펼쳤다. 1911년 일제가 조작한 105인 사건을 계기로 신민회 조직이 드
러나고 국내에 남아 있던 독립운동가들이 탄압을 받으며 조직이 무너지고 말
았다.

*** 1907년 이준, 이상설, 이위종 3명이 고종의 밀서를 가지고 헤이그의 만국평화
회의에 참가하여 을사조약 체결이 대한제국 황제의 뜻이 아니라 일본의 강압
에 의해 이루어진 것을 폭로하고 이를 통해 파기하려 했던 사건. 일본의 집요
한 방해와 여러 나라들의 무관심 때문에 우리 대표들은 회의 참석과 발언을 거부
당했고, 이에 이준은 울분을 삭이지 못한 채 그곳에서 분사(憤死)하고 말았다.
이 사건으로 인해 일제는 고종을 강제로 퇴위시켰다.

여섯 형제 중 아무도 반대하는 이가 없었다. 그들은 재산을 급히 처분했다. 그때 돈으로 40만 원이 모였다. 지금 돈으로 600억 원쯤 되는 엄청난 돈이었다. 급히 처분했기 때문이지 실제로는 지금 돈으로 2조 원의 가치가 있는 재산이었다.

그렇게 마련한 돈을 들고 만주로 건너온 이회영은 1911년 5월부터 본격적인 광복군 양성을 시작했다. 그게 바로 '신흥무관학교'였다. 이 신흥무관학교는 1920년 자금난으로 문을 닫을 때까지 3,500여 명의 독립군을 양성했다. 물론 그 모든 비용을 이회영 형제가 댔다. 그렇게 배출된 독립군들은 이후 조선의 독립 투쟁 선봉에 섰고 큰 성과를 거두었다.

누군가를 돕는 일은 무척 행복하고 보람된 일이다. 하지만 자신의 전 재산이나 천문학적인 돈을 사회에 환원하는 것은 정말 쉽지 않은 일이다. 우리는 대부분 더 많은 것을 갖고 싶어 하기 때문이다. 그러나 나라가 위기에 닥

공동체의 책임 있는

사람들이

발 벗고 나서지 않으면

공동체는

유지되지 않는다

치거나 공동체의 구성원들이 곤경에 처했을 때, 그 공동체의 책임 있는 사람들이 발 벗고 나서지 않으면 공동체는 유지되지 않는다. 구성원들이 리더를 존경하고 따르지 않기 때문이다. 그러면 모래알처럼 흩어지게 될 뿐이다.

이 회장은 독립기념관이 준공을 앞두고 불탔을 때 그런 점을 염두에 두고 있었던 것이다. 그랬기에 잠시도 머뭇거림없이 그런 조치를 내릴 수 있었다.

이 회장의 강력한 의지와 열망 덕분이었는지 독립기념관 복구 공사는 순조롭게 진행됐다. 1987년 8월 15일 제42주년 광복절 경축식과 함께 마침내 독립기념관이 개관하게 되었다.

"회장님, 하늘이 참 파랗습니다. 코발트색인데 너무

예쁘네요."

독립기념관 입구에서 '겨레의 탑'을 바라보며 생각에 잠겨 있던 이 회장에게 기사가 와서 음료수를 건넸다. 하늘을 올려다보니 8월의 하늘이 꼭 가을 하늘처럼 파랗고 높았다.

"겨레의 집만 잠시 둘러보고 가지. 옛날 생각이 나서 참 좋구만."

이 회장은 그렇게 말하고 천천히 겨레의 집 쪽으로 걸음을 옮겼다.

신은 내게 돈 버는 재능을 주셨다. 그렇기 때문에
나는 더 많은 돈을 주위 사람들을 위해 신이 명하는 대로 써야 한다.

존 록펠러

로마 제국 2,000년 역사를 지탱해 준 힘은 노블레스 오블리주의 철학이었다.

시오노 나나미, 『로마인 이야기』의 저자

대구지하철 공사장
가스 폭발 사고[*]

"대구로 가실 거지요?"

잠시 독립기념관에서 늦은 점심을 챙겨 먹고 차에 올라탔을 때였다. 기사가 이 회장에게 그렇게 물었다. 이 회장의 눈이 동그레졌다.

- 1995년 4월 28일 대구광역시 상인동 지하철 1호선 제1~2구간 공사장에서 일어난 가스 폭발 사고. 인근 대구백화점 상인점 신축 공사장에서 지반을 다지기 위해 구멍 뚫는 작업을 하다가 부근을 지나던 가스관을 파손했는데, 여기서 새어 나온 가스가 하수관을 타고 지하철 공사장으로 흘러들었다가 폭발했다. 이로 인해 지하철 공사장 400여 미터 구간이 내려앉아 차량 150대, 주택과 건물 80여 채가 파괴됐다. 사망 101명, 부상 145명 등 246여 명의 사상자가 났고 피해액은 약 600억 원으로 추정된다.

"자네, 그걸 어찌 알았나?"

기사가 빙그레 미소를 지었다.

"왠지 그러실 것 같았어요. 피곤하지 않으시겠어요?"

이 회장이 다시 뒷좌석 등받이에 깊이 몸을 묻으며
대답했다.

"아니, 오히려 힘이 더 나는 것 같으이. 자
네가 오늘 고생하는구먼."

"뭘요. 저도 이렇게 회장님 모시고 다니
는 게 즐겁습니다."

기사는 이 회장이 왜 대구에 내려가려
는지 잘 알고 있었다. 그때 일을 떠올리면
지금도 이 회장이 존경스러워지곤 했다.

1995년 4월 28일. 아침 출근길에 켜
놓은 라디오에서 믿기 힘든 뉴스가 흘러나
왔다.

"오늘 아침 7시 50분 대구 달서구 상인동 사거리에서 엄청난 폭발음과 함께 불길이 치솟았습니다. 이 사고로 인해 지하철 공사 중이던 일대 800미터의 복공판들이 죄다 날아갔고, 90여 대의 차량이 내려앉은 도로 밑에 처박혔습니다."

창밖을 내다보던 이 회장이 급히 몸을 앞으로 기울이며 말했다.

"라디오 볼륨을 좀 올려 주게."

처참하리만큼 안타까운 기사가 계속 흘러나왔다.

"……출근길이었기 때문에 사상자가 많았습니다. 100여 명이 숨지고 200여 명이 다쳤습니다. 아직 정확한 사상자의 수는 집계가 되지 않고 있습니다. 안타깝게도 사고 현장 바로 옆이 대구 영남중학교여서 등교하던 학생 50여 명이 사망했습니다. 대구시 역사상 가장 큰 참사입니다……."

이회장의 표정이 어두워졌다.

"음…… 어찌 이런 일이……."

이어서 사고 원인이 전해졌다. 인근 대구백화점 상인점 신축 공사장에서 지반을 다지기 위해 천공 작업을 하다가 그 부근을 지나던 지름 100밀리미터의 도시가스관을 뚫게 됐다고 한다. 그때 흘러나온 가스가 인근 대구 지하철 1, 2호선 공사장으로 흘러 들어가서 괴어 있다가, 우연한 불씨에 폭발한 것이라고 했다.

뉴스를 듣던 이 회장은 기사에게 서둘러 회사로 가

자고 했다. 기사가 조심스레 물었다.

"회장님, 저희 대림산업이 연관되어 있나요?"

대림산업도 지하철 노선 공사를 종종 맡기 때문에, 운전기사는 아주 조심스레 이 회장의 안색을 백미러로 살피며 물었다.

"아니. 대구지하철 1, 2호선 공사는 우신개발이라는 곳이 하고 있지. 대구백화점 상인점 신축 공사는 아마 표준개발에서 했을 거야. 우리 대림산업과는 별다른 상관이 없어. 그런데 문제는 사고를 낸 건설 회사들이 중소기업들이라는 거야. 사고의 규모나 사상자 숫자로 봤을 때, 저 정도 규모의 사고를 수습할 수 있는 능력이 있는 회사들이 아니야."

분명히 피해 보상은커녕 피해 복구비도 감당할 수 없을 회사들이었다. 그러나 사상자 수는 시간이 지날수록 늘고 있었다. 그것도 꽃같은 중학생들이 처참하게 희생된 사고라서, 대구 시민들의 분노가 하늘을 찌르고 있었다.

이 회장의 표정이 결연해졌다.

'누군가는 이 상처를 빨리 위로하고 해결해야 한다. 우리 대림산업이 먼저 앞장서야 한다. 건설사들 전체가 이 참사를 해결하려는 의지를 보여야만 하는 거야.'

차 안에서 이준용 회장은 마음을 굳혔다. 회사에 도착한 이 회장은 곧바로 지시를 내렸다.

"이번 사고는 참으로 가슴 아픈 일입니다. 빠른 피해 복구를 위해 그룹 차원에서 최대한의 지원을 아끼지 말아 주시기 바랍니다."

그리고 다음다음 날인 4월 30일 아침 출근길에 켜 놓은 라디오에서는 다음과 같은 뉴스가 흘러나왔다.

"정말 어처구니없는 사건으로 국민 모두가 낙심하고 있는 가운데, 모처럼 들려온 따뜻한 소식입니다. 건설업계의 대표적인 회사인 대림그룹이 대구지하철 참사 피해 복구비와 유가족 성금으로 써 달라며 20억 원을 기부했습니다. 이는 여러 대기업 중에서도 가장 큰 금액입니다……."

기사는 백미러로 이 회장을 보았다. 회장은 눈을 지그시 감고 무언가 골똘한 생각에 빠져 있었다. 그 모습을 보며 기사는 살짝 미소지었다. 뿌듯하고 자랑스러웠다.

'어르신이 또 한 번 큰 결단을 내리셨구나. 이 회사에 내가 근무한다는 게 너무 자랑스럽다. 저 어른을 매일 모신다는 것도 그렇고.'

그때 이준용 회장의 마음은 아마도 위기에 처한 '칼레'시의 대표들과 같은 마음이었을 것이다. 로뎅의 조각품 '칼레의 시민'으로 잘 알려진 이야기 속의 바로 그 '칼레의 대표들' 말이다.

14세기 영국과 프랑스는 오래토록 전쟁을 벌이고 있었다. 그래서 '백년전쟁'*이라는

누군가는
이 상처를 빨리 위로하고
해결해야 한다

이름이 붙을 정도였다. 그때의 일이다. 프랑스의 도시 칼레는 영국군에 포위당해서 끈질기게 저항했지만 결국 전체 도시 사람들을 살리기 위해 항복할 수밖에 없었다. 칼레 시에서는 영국왕 에드워드 3세에게 자비를 구하러 항복 사절단을 파견했다.

"자비를 베풀어 칼레 시의 사람들을 살려 주십시오."

대답이 돌아왔다.

"좋다. 시민들을 살려 주겠다. 하지만 그동안 저항한 대가를 누군가는 치러야 한다. 도시의 대표 여섯 명을 뽑아라. 그들만 본보기로 처형하겠다."

항복 사절단이 돌아와 이 사실을 알리자 도시는 혼

* 중세 말기인 1337년부터 1453년까지 116년 동안 영국과 프랑스가 벌인 전쟁. 오랫동안 휴전과 화해를 하며 100년을 넘게 이어온 이 전쟁은 처음에는 영국이 주도권을 차지했지만, 전쟁 발발 후 100년이 가까워진 1429년 '성녀' 잔다르크가 나타나면서 프랑스 국민들을 반전시키고 주도권이 프랑스로 넘어왔다. 1453년 끝난 이 전쟁 이후로도 영국은 프랑스 안의 '칼레'를 차지하고 있다가 1558년에 프랑스가 되찾게 된다. 이 전쟁을 기점으로 영국은 유럽 대륙의 정치에 관여하려는 생각을 떨쳐 버리게 됐다.

란에 빠졌다. 누구를 대
표로 뽑아야 할지 사람
들은 아득해했다. 그때
칼레 시에서 가장 부자
인 '외스타슈 드 생 피
에르'가 나섰다.

"그 들 을 살 려 주 세 요
그 들 은 칼 레 시 를 위 해
희 생 하 려 나 선
용 기 있 는 사 람 들 입 니 다"

"그동안 나는 칼레 시에서 많은 혜택을 입었습니다. 그에 보답할 때인 것 같습니다."

그러자 칼레 시의 시장과 상인, 법률가들이 용감하게 따라 나섰다. 그렇게 뽑힌 여섯 명의 대표가 다음 날 교수대 앞에 모였다. 마침내 영국왕에게 6인의 대표가 뽑힌 사연이 전해졌다. 그 사연을 듣던 임신한 왕비가 왕을 말렸다.

"그들을 살려 주세요. 그들은 칼레 시를 위해 희생하려 나선 용기 있는 사람들입니다. 인간의 품격이 있는 사람들입니다. 그들에게 자비를 베풀지 않으면 칼레 시민들의 분노를 사게 될 거예요."

그 말을 들은 왕은 고개를 끄덕이며 교수형을 취소했다. 그렇게 칼레 시의 귀족들은 자신이 앞장서 나섬으로써 공동체를 구하고 자신들의 목숨도 구했다. 이후 이들은 높은 신분에 따른 도덕적인 의무를 뜻하는 노블레스 오블리주의 상징이 되었다.

대구지하철 가스 폭발 사고는 작게는 건설업계 전체의 위기였고 크게는 대한민국의 위기였다. 성수대교가 무너진 지* 1년도 안 지나서 터진 대형 사고로 국민들의 낙담은 컸고 분노는 하늘을 찌르고 있었다. 당시 사고를 낸 건설사들은 복구비를 감당하기 힘든 중소기업들이 대부분이었다. 그대로 놔두면 피해 복구와 피해 보상에 시간

* 1994년 10월 21일 오전 7시 38분경 성수대교의 제5번과 6번 교각 사이 상부 트러스가 약 50미터 가량 붕괴해서 무너졌다. 이 사고로 인해 32명이 죽고 17명이 다쳤다. 안전 점검을 소홀히한 데다 과적 차량이 자주 통과하면서 일어난 이 어처구니없는 사고로 건설업계는 큰 타격을 받았을 뿐 아니라 국가 이미지도 크게 훼손되었다.

이 오래 걸릴 터였고, 유가족들의 아픔과 시민들의 분노
는 더욱 커질 기세였다. 그때 이 회장이 건설업계의 원로
로서 통 큰 결단을 내린 것이었다.

"이제 올라가실 거죠?"

대구시에 들어서서 과거 사고 현장을 차로 한 바퀴
돌고 난 뒤 운전기사가 이 회장에게 물었다. 이 회장은 만
감이 교차하는 표정이었다. 현장은 아무 일 없었다는 듯
말끔했지만, 이 회장의 기억 속에서는 그날의 처참한 광
경이 다시 떠오르는 듯했다. 다시는 그런 일이 없기를 바
라는 마음뿐이었다. 차창에서 눈을 돌린 이 회장이 나지
막히 말했다.

"포항제철 냉연 공장을 들르고 싶어."

포항제철

저 멀리에 하얀 연기를 뿜어내는 거대한 굴뚝들이 보였다. 포항제철이었다.

포항은 제철소가 들어서기 전에는 모래사장과 횟집밖에 없는 곳이었다. 옛날 조선 시대에 풍수의 대가였던 이성지라는 인물이 이런 말을 했다 한다.

"어룡사(포항의 황량한 모래밭)에 대나무가 나면 수만 명이 살게 될 것이다. 서쪽 문명이 동방으로 오면 모래밭이 없어질 것이다."

그 예언대로 대나무 같은 제철소 굴뚝들이 들어섰

다. 또 서구의 기술을 바탕으로 제철소가 세워졌고, 포항에는 수만 명의 사람들이 들어와 살게 됐다. 예언이 실현된 것이다. 그러나 실제 포항제철*이 세워진 건 수많은 우여곡절을 겪은 뒤였다.

1967년 9월 어느 날, 박정희 대통령이 영국에 출장 중이던 박태준을 급히 불렀다.

"자네가 꼭 해 줘야 할 일이 있어. 제철소를 만들어 주게."

박태준은 귀를 의심했다. 자본도 없고 기술도 없고 경험도 없었다. 대답을 못하고 머뭇거렸다.

"나는 임자를 잘 알아. 이건 아무나 할 수 있는 일이 아니야. 어떤 고통을 당해도 국가와 민족을 위해 자기 한

* 1968년 4월 (주)포항종합제철로 설립된 대한민국의 제선, 제강 및 압연재 생산·판매 업체로 2000년 9월에 정부 지분을 매각하면서 민영화됐고, 2002년 3월 (주)포스코(POSCO)로 상호가 바뀌었다. 창립 20년 만에 포항제철소와 광양제철소에 2만여 명의 종업원을 갖춘 세계 제3위의 철강 기업이 됐다. 포항제철이 세워지면서 대한민국은 산업의 '쌀'인 철강을 우리 손으로 제련할 수 있게 됐고, 비약적인 경제 발전을 이룰 수 있는 발판을 갖추게 됐다.

몸 희생할 수 있는 인물
만이 이 일을 할 수 있
어. 그러니 아무 소리
말아."

> "국가와 민족을 위해
> 자기 한 몸
> 희생할 수 있는 인물만이
> 이 일을 할 수 있어"

그 간략하고 단호
한 지시로 포항제철 만
들기는 시작됐다. 경제 개발에 혼신의 힘을 기울이고 있
었던 박정희 대통령의 숙원이 종합제철소를 세우는 일이
었다.

철은 산업의 쌀이었다. 경제 개발에 박차를 가하기
위해서 제철소는 반드시 필요했던 것이다. 그래서 박정희
대통령은 1965년 미국으로 건너가 제철소 건설을 위한 국
제차관단 구성을 논의했다. 끈질긴 노력 끝에 5개국 7개
사로 구성된 대한국제제철 차관단(KISA)이 만들어졌다. 그
런 다음 박태준을 부른 것이다.

"제 한 몸 바친다고 될 일이겠습니까?"

"임자 뒤에는 내가 있어. 소신껏 밀어붙여 봐!"

그렇게 박태준에게 종합제철소 건설의 임무가 주어 졌다. 일단 2년간의 고심 끝에 종합제철소를 지을 부지로 포항이 선정됐다. 부산과 대구가 가까워서 노동력을 확보 하기가 쉬웠고 경부선 철도와 경부고속도로와도 가까워 교통이 편리했다. 낙동강과 태화강이 있어 공업용수를 확 보하기도 좋았고 조수 간만의 차가 적고 수심이 깊은 항 만도 있었다. 북한이 밀고 내려와도 남쪽 끝에 있었기 때 문에 위험이 적다는 안보적인 측면도 고려됐다.

그렇게 부지가 정해졌을 때 문제가 터졌다. 참여한 회사 간에 이견이 생기고 한국에 만들어질 제철소의 전망 이 어둡다는 이유로 대한국제제철 차관단이 와해되어 버 렸던 것이다. 게다가 IBRD(국제부흥개발은행)*에서 한국의 제 철소는 가망이 없다고 진단했다.

• 1946년 제2차 세계대전 후 각국의 전쟁 피해 복구와 개발을 위해 설립된 국제 연합(UN) 산하의 국제 금융 기관. 세계은행(World Bank)이라고도 한다.

'한국의 제철소 건설은 엄청난 외환 비용에 비해 경제성이 낮다. 한국은 우선 노동 기술 집약적인 기계공업을 먼저 하라.'

제철소를 지을 자금을 마련할 길이 다 막혀 버린 것이었다. 그렇다고 포기할 수 없었다. 그때 대일청구권 자금**이 박태준의 머릿속에 떠올랐다. 이미 대일청구권 자금은 농업과 어업에만 투자할 수 있다고 국회에서 비준이 끝나 있긴 했다. 하지만 박 대통령에게서 전권을 위임받은 박태준은 일본으로 건너가 제철소를 만드는 데 쓸 수 있도록 조정하는 데 전력했다.

천신만고 끝에 다른 일본의 각료들은 다 설득했는데

** 일본의 식민지 지배에 따른 배상금. 한국은 대일청구권 문제를 위해 일본과 7차례나 회담을 계속했지만 한국이 요구하는 8억 달러와 일본이 제시한 7,000달러의 엄청난 금액 차이로 인해 의견이 좁혀지지 않았다. 그러다 1962년 11월 12일 김종필 특사와 오히라 마사요시 일본 외상이 비밀리에 만나 합의한 이른바 '김·오히라 메모'를 근거로 1965년 6월 22일 한일기본조약의 체결과 동시에 '재산과 청구권에 관한 문제 해결과 경제 협력에 관한 협정'이 정식으로 조인됐다. 이 협정에 따라 일본은 3억 달러를 10년간 무상으로 지불하고, 2억 달러의 차관을 연리 3.5%, 7년 거치 20년 상환이라는 조건으로 10년간 제공하게 됐다.

오히라 통상장관만 거부하고 있었다. 만날 때마다 오히라는 먼저 농업에 투자하라는 말을 되풀이할 뿐이었다. 박태준은 세 번째 만났을 때 오히라에게 이렇게 말했다.

"덕분에 공부를 많이 하게 됐습니다. 당신네 일본은 청일전쟁때 제철소의 필요성을 느껴 야하타 제철소를 만들었고, 러일전쟁 때도 제철소 건설에 박차를 가했습니다. 안보의 차원에서 제철소는 중요하기 때문입니다. 지금 우리는 북한과 총구를 겨누고 있습니다. 제철소 건설은 대한민국 안보와 직결되어 있습니다. 아, 그리고 일본이 제철소를 건설할 당시 일본의 GNP는 100달러 미만이었습니다. 한국의 현재 1인당 GNP는 200달러에 육박하고 있습니다. 이래도 우리가 농업에만 투자해야 합니까?"

오히라는 그 말을 듣고 두말없이 대일청구권 자금으로 제철소를 지어도 좋다고 동의해 주었다.

또 박태준은 신일본제철의 이나야마 사장, 일본강관의 아카사카 다케시 사장 등 일본 철강 산업의 대표적인 인물들을 만나 한 명 한 명 설득했다. 결국 포항제철은 신일본제철의 기술을 전수받아 짓기로 결정됐다. 이때를 두고 일본 철강업계의 신(神)이라 불리는 이나야마 요시히로는 이렇게 회고했다.

"철강 기술을 한국에 전수해 주면 우리가 타격받을 것이라는 사실을 나는 알고 있었다. 하지만 박태준의 애국심이 나의 영혼을 감격시켰다. 그래서 나는 대한민국의 근대화에 나의 영혼이 밑거름이 되고 싶다는 마음이 들었던 것이다."(이나야마 요시히로 회고록 중에서)

그러나 막상 박태준이 기술자를 데리고 일본에 가서 기술을 전수받으려 하자 신일본제철의 기술자들은 최소한의 것만을 가르쳐 주려 했다. 한국이 철강 산업에서 후발 주자로 커 나갈까 두려웠기 때문이다. 그러자 박태준이 꾀를 냈다. 어느 날 밤 기술자들을 모았다.

"잘 듣게. 오늘부터 자네들은 나와 함께 공장을 매일같이 산책하도록 하세."

기술자들 중 한 명이 박태준에게 물었다.

"산책이라니요. 그럴 시간이 어디 있습니까? 하나라도 더 배워야 제철소를 지을 것 아니겠습니까?"

박태준이 눈빛을 반짝이며 말했다.

"이대로라면 기술을 전수받는 데만 수십 년이 걸릴 것 같네. 신일본제철의 기술자들이 기술을 제대로 전수해 주려 하지 않고 있잖은가? 특단의 방법을 써야겠어."

"그게 뭡니까?"

"아까 얘기했듯이 산책을 하는 거야. 나는 자네들과 환담을 나누며 느릿느릿 공장을 돌아다닐 거야. 그때 자네들은 최대한 모든 것을 외워야 하는 걸세. 신일본제철 기술자들이 보기에 그냥

평범한 산책처럼 보여야 하네. 사진을 찍을 수도 없고, 메모를 할 수도 없어. 자네들이 보고 듣는 모든 것을 머릿속에 넣어야만 해."

다음 날부터 박태준은 기술자들과 함께 느릿느릿 신일본제철 공장 곳곳을 산책했다. 껄껄껄 웃기도 하고 이런저런 잡담을 하며 돌아다니는 모습을 보고 신일본제철의 기술자들은 방심했다. 하지만 그 사이에 우리나라의 기술자들은 모든 것을 외우기 위해 피가 마를 정도로 정신을 집중했다. 그렇게 얻은 지식과 정보를 갖고 포항으로 돌아온 박태준과 기술자들은 마침내 1970년 4월 1일 역사적인 포항제철의 첫 삽을 떴다.

박태준은 늘 다음과 같은 말을 입에 달고 살며 인부들과 기술자들을 독려했다.

"자네들이 보고 듣는 모든 것을 머릿속에 넣어야만 해"

"포항제철을 짓는 돈은 우리 조상들의 핏값이다. 식민지 지배의 배상금으로 이 제철소를 짓는 거다. 그러니 만약 실패하면 조상들을 뵐 면목이 없다. 모두 우향우 해서 저기 보이는 푸르른 영일만에 빠져 죽는 거다."

그런 각오로 임해서일까. 마침내 포항제철 1호기 공사가 1973년 6월 9일 끝났다. 그리고 조업을 시작한 첫해 포항제철은 매출액 1억 달러, 순이익 1,200만 달러를 거뒀다. 세계은행과 선진국들이 절대 적자를 면치 못할 것이라며 포기했던 포항제철은 세계 철강 역사에서 제철소를 가동한 첫해부터 이익을 낸 유일한 기업이 됐다.

그로부터 10여 년이 지났을 때 박태준은 IBRD의 연구원을 런던의 중국 식당에서 우연히 만나게 됐다. 1968년의 한국 경제에 관한 보고서에 "한국의 일관제철소 건설은 시기상조다."라고 쓰는 바람에 차관을 받지 못하게 만든 자페라는 연구원이었다. 박태준이 다가가서 그에게 물었다.

"당시 IBRD는 당신의 보고서에 근거해 포항제철 대신 브라질의 제철소에 차관을 줬습니다. 그래도 우리는 천신만고 끝에 포항제철을 건설했고요. 지금 현재 브라질의 제철소 생산량은 연간 400만 톤입니다. 반면에 포철은 곧 1,200만 톤을 넘어섭니다. 어떻습니까? 당신은 지금도 그때의 당신 판단이 옳았다고 생각합니까?"

자페가 답했다.

"물론입니다. 당시 내가 쓴 보고서는 정확했습니다. 지금 다시 과거로 돌아간다 해도 나는 그때와 똑같

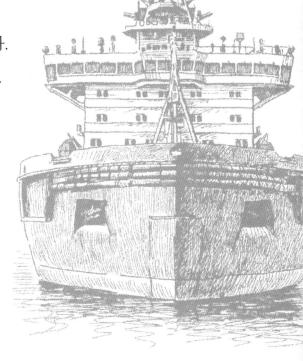

이 보고서를 쓸 것입니다."

잠깐 말을 멈췄다가 자페가 미소를 지으며 말을 이었다.

"단, 그때 한 가지 실수를 하기는 했습니다. 바로 박태준이라는 인물이 한국에 있었다는 사실을 고려하지 못한 것입니다."

그랬다. 포항제철은 한국의 철강왕 박태준이 있었기에 가능했다.

1978년 중국의 등소평이 신일본제철을 방문해서 이나야마 회장에게 요청했던 적이 있다.

"우리 중국에도 포항제철 같은 제철소를 지어 주십시오."

이나야마 회장이 대답했다.

"그건 좀 곤란합니다. 박태준 같은 인물이 없으면 불가능합니다. 포항제철은 기적이거든요."

그러자 등소평이 답했다.

"박태준을 수입해야만 가능한 일이군요."

박태준이 그처럼 전력을 다해 제철소 건설에 매진할 수 있었던 것은 박정희 대통령의 특별한 신임 덕분이었다. 자신은 경부고속도로 건설을 지휘할 테니 제철소를 맡아 달라는 게 박정희 대통령이 박태준에게 내린 특임

"박태준 같은 인물이 없으면 불가능합니다 포항제철은 기적이거든요"

이었다. 박정희 대통령은 13번이나 현장을 방문할 정도로 제철소 건설에 각별한 관심을 가졌다. 대한민국 근대화에 제철소 건설이 얼마나 중요한 일인지를 잘 알고 있었던 까닭이었다.

한 번은 이런 일이 있었다. 박태준이 포항제철 1호기를 성공적으로 건설해 내자 정부 내에서 박태준을 시기하는 사람들이 생겨났다. 박태준이 공금을 횡령했다는 소문을 퍼뜨려 곤란하게 했다. 비밀리에 없는 이야기를 꾸며

대통령에게 박태준을 모함하는 사람도 있었다. 그런 소
문을 들은 박태준은 책상에 앉아 사표를 쓰며 마음속으로
다짐했다.

　　'지금까지 나는 한 점의 부
끄러움 없이 온 열정을 바
쳐 포항제철을 일궈
왔다. 이젠 아무

미련이 없다. 나를 믿고 '제철보국'의 큰일을 맡긴 대통령에게 심려를 끼치느니 사직하는 것이 낫다. 조금이라도 대통령이 나를 의심한다면 미련없이 그만두겠다.'

그리고 그 사표를 늘 양복 안주머니에 넣고 다녔다. 그러다 박태준은 자신을 견제하는 세력에 의해 수차례 가택 수색을 당하게 됐다. 이제는 때가 됐다고 생각한 박태준은 현장 시찰을 내려온 박 대통령 앞으로 나아갔다. 대통령은 제철소가 착착 지어지고 있는 모습을 흡족히 바라보고 있었다. 그 앞에서 양복 안주머니에 늘 지니고 다니던 사표를 꺼내려 손을 집어넣는데, 그 모습을 본 박 대통령이 혼을 냈다.

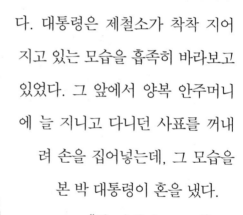

"뭘 꺼내려고 그래? 그거 돈이면 꺼내서 날 주고, 아니면 집어넣어!"

그러고는 박태준의 어깨를 툭 치고 지나갔다. '당신
이 부정부패를 저지를 사람이 아니라는 것을 믿는다'는
뜻이었다. 그런 일이 있은 후 박정희 대통령은 박태준에
게 '종이 마패'를 써 주었다. 어느 날 박태준을 불러서는
흰 종이에 "누구든 박태준을 건들면 가만두지 않겠다."고
적어서 건네주었던 것이다. 대통령의 두터운 신임을 받은
박태준은 그날 이후로 더욱 투명하고 성실하게 포항제철
을 일구었다.

그렇게 기적처럼 한국의 철강 산업을 일으킨 박태준
은 1992년 철강 생산 2,000만 톤을 달성했을 때, 박정희
대통령의 묘소를 찾아갔다. 잠시 감았던 눈을 뜬 그는 주
머니에서 편지를 꺼내어 들고 읽어 나갔다.

각하!
불초 박태준, 각하의 명을 받은 지 25년 만에 포항제철
건설의 대역사를 성공적으로 완수하고 삼가 각하의 영

전에 보고를 드립
니다.

포항제철은 '빈곤
타파와 경제 부흥'

을 위해서는 일관제철소 건설이 필수적이라는 각하의
의지에 의해 탄생되었습니다. 그 포항제철이 바로 어제
포항, 광양의 양대 제철소에서 조강 생산 2,100만 톤
체제의 완공을 끝으로 4반세기에 걸친 대장정을 마무리
하였습니다.(중략)

1967년 9월 어느 날, 영국 출장 도중 각하의 부르심을
받고 달려온 제게 특명을 내리시던 그 카랑카랑한 음성
이 지금도 귓전에 생생합니다. 그 말씀 한마디에, 25년
이란 긴 세월을 철(鐵)에 미쳐, 참으로 용케도 견뎌 왔구
나 생각하니 솟구치는 감회를 억누를 길이 없습니다.

돌이켜 보면 참으로 형극과도 같은 길이었습니다. 자본
도, 기술도, 경험도 없는 불모지에서 용광로 구경조차

해 본 일이 없는 서른아홉 명의 창업 요원을 이끌고 포항의 모래사장을 밟았을 때는 각하가 원망스럽기도 했습니다. 자본과 기술을 독점한 선진 철강국의 냉대 속에서 국력의 한계를 절감하고 한숨짓기도 했습니다. 터무니없는 모략과 질시와 수모를 받으면서 그대로 쓰러져 버리고 싶었던 때도 있었습니다. 그때마다 저를 일으켜 세운 것은 '철강은 국력'이라는 각하의 불같은 집념 그리고 열세 차례에 걸쳐 건설 현장을 찾아 주신 지극한 관심과 격려였다는 것을 감히 말씀드립니다.(중략)

각하!

일찍이 각하께서 분부하셨고, 또 다짐드린 대로 저는 이제 대임을 성공적으로 마쳤습니다. 그러나 이 나라가 진정한 경제의 선진화를 이룩하기에는 아직도 해야 할 일들이 산적해 있습니다. '하면 된다'는, 각하께서 불어넣어 주신 국민정신의 결집이 절실히 요청되는 어려운 시기입니다. 혼령이라도 계신다면, 25년 전의 그 마음으로 돌아가 '잘사는 나라' 건설을 위해 매진할 수 있도록 굳게 붙들어 주시옵소서.

불민한 탓으로, 각하 계신 곳을 자주 찾지 못한 허물을 용서해 주시기 엎드려 바라오며, 삼가 각하의 명복을 빕니다.

부디 안면(安眠)하소서!

1992년 10월 3일, 불초 태준 올림

박태준이라는 인물을 믿고 그에게 산업의 쌀을 만드는 제철소 건설을 맡긴 박 대통령, 그 명령을 혼신의 힘을 다해 추진한 박태준 회장 그리고 그 뜻을 알고 불철주야 노력한 건설 노동자들과 기술자들, 바로 그들의 피땀이 만든 놀라운 기적이 포항제철이었던 것이다.

사위가 어두워져 가는 시간, 고속도로 저편에 솟아오른 굴뚝들이 이 회장의 눈에는 '기적'처럼 보였다. 그 기적을 향해 달려가고 있었다.

©Lucian Milasan/Shutterstock.com

한 손은 너 자신을 돕는 것이고
다른 한 손은 다른 사람들을 돕기 위한 것이다.

오드리 헵번

이윤의 추구는 기업 성장을 위한 필수 선행 조건이지만
기업가 개인의 부귀영화를 위한 수단이 될 수는 없다.

유일한, 유한양행 창업자

부는
벼슬이 아니다

경비실을 지나 포항제철 냉연 공장 앞에 이 회장이 탄 차가 멈춰 서자 저 멀리서 공장장이 뛰어나왔다. 아마도 경비실에서 연락을 했던 모양이었다. 이 회장이 내리도록 차 문을 열어 주려고 화급히 뛰어왔지만, 먼저 내린 운전기사가 손을 들어 만류했다. 그러자 이 회장이 직접 차문을 열고 내렸다.

운전기사는 그런 이준용 회장의 모습을 보면서 옛날 처음 이 회장을 만났을 때가 떠올랐다. 회장님 운전기사로 발령을 받은 첫날, 기사는 대림산업 사옥 문 앞에 차를

대놓고 기다리고 있다가 회장이 현관을 걸어 내려오자 뒷
문을 열고 인사를 했다. 그러자 이 회장은 운전기사를 물
끄러미 보다가 차 문을 다시 닫았다. 그러고는 본인이 직
접 차 문을 열고 차에 올라탔다. 당황해서 곧바로 운전석
에 올라탄 기사에게 이 회장이 말했다.

"앞으로 내 차의 뒷문을 열어 줄 필요 없습니다. 내
가 알아서 타고 내릴 겁니다. 사옥의 경비원들에게도 다
그렇게 이야기되어 있습니다."

그때만 해도 기사는 이 회장이 좀 유난스럽다고만
생각했다. 그러나 지내 보니 이 회장은 달랐다. 대림그룹
의 본사 사옥 4층에 이 회장의 사무실을 만들 때였다. 실
무자들은 당연히 회장실 안에 화장실을 따로 만들려고 했다. 그런데 그 사실을 안 이준용 회장에게 실무자

> "앞으로 내 차의 뒷문을
> 열어 줄 필요 없습니다
> 내가 알아서
> 타고 내릴 겁니다"

들이 호되게 야단을 맞
았다.

"회장이면 회장이
지 회장 한 명이 쓰려고
화장실을 따로 만들어? 이게 무슨 쓸데없는 짓인가? 나는
직원들과 함께 화장실을 쓰겠네. 당장 회장실에 화장실
만드는 것을 그만두게!"

운전기사가 보기에 이 회장의 그런 심성은 늘 똑같
았다. 다른 큰 회사에 가면 회장님 전용 엘리베이터가 있
기 마련이었다. 각 층마다 멈춰 서는 불편 없이 곧바로 회
장실로 이동하기 위해서다. 하지만 이준용 회장은 늘 일
반 직원들과 똑같은 엘리베이터를 쓰곤 했다. 회장들에게
흔히 있는 수행비서도 한 명 데리고 다니지 않았다.

'회장님은 늘 '흉년 곡식은 남아도 풍년 곡식은 모자
라는 법'이라는 말을 달고 사셨지. 직원들에게 절약을 늘
강조하신 만큼 언제나 당신이 먼저 실천하셨어.'

"당장 회장실에
화장실 만드는 것을
그만두게!"

지난 1999년 이 회장의 셋째 아들이 결혼식을 올릴 때도 많은 사람들이 놀랐다. 결혼을 알리는 청첩장 비슷한 것을 받기는 했는데, 그 청첩장에는 결혼식 날짜만 적혀 있었다. 어디서 결혼식을 하는지, 몇 시에 하는지는 일절 적혀 있지 않았다. 그냥 결혼을 한다는 소식만 알리는 엽서 같은 것이었다. 시간과 장소를 알려 초대를 하면 많은 사람들이 몰려들 것인데 그런 위세를 떨고 싶지 않았던 것이다. 또 축의금 부담을 지우기도 싫어서 조용히 가족들과만 결혼식을 치른 것이었다. 그래서 몇몇 회사 간부들은 기사에게 와서 "아드님 결혼식은 어디에서 몇 시에 하나?" 하고 묻기도 했다. 하지만 기사 역시 시간과 장소를 몰랐다.

2014년, 이 회장이 사랑하는 아내를 잃었을 때도 마찬가지였다. 그때도 친인척을 제외하고는 전혀 알리지 않았다. 장례 절차가 다 끝난 다음 조용히 신문에 부고만 냈을 뿐이었다.

이준용 회장이 건설협회 회장을 역임할 때의 일은 전설처럼 사람들의 입에 회자되곤 했다. 보통 협회 임원 회의를 하면 번듯한 음식점에서 맛난 식사를 하기 마련이다. 그런데 이준용 회장이 건설협회 회장이 되고 난 뒤에는 그런 식사 자리가 싹 사라졌다. 대신 회의실 탁자 위에 배달되어 온 설렁탕 한 그릇씩이 놓였다.

"회원사에서 회비로 낸 돈을 왜 우리가 기름진 밥 먹는 데 써? 그냥 설렁탕 한 그릇이면 돼. 그렇게 해."

이 회장은 실무자들에게 그렇게 지시했던 것이다.

"아니, 회장님. 밥값 그거 얼마나 한다고 협회 임원들을 모아 놓고 설렁탕을 대접합니까? 너무 티 내는 것 같습니다."

협회 임원 중 한 명이 조금 불쾌하다는 듯 이 회장에게 따지자, 이 회장이 정색을 하며 대답했다.

"그렇게 맛있고 비싼 음식이 먹고 싶으면, 나중에 내가 내 돈으로 사 드리리다. 하지만 협회 임원 회의에서 회

"회원사들이 낸 회비를
함부로 축낼 수는 없습니다
제 뜻에 따라 주세요"

원사들이 낸 회비를 함부로 축낼 수는 없습니다. 제 뜻에 따라 주세요."

따지고 들었던 협회 임원 중 한 명은 머쓱해할 수밖에 없었다. 그렇게 꼬장꼬장했기에 이회장이 '청부(淸富)를 실천한 진정한 사업가'로 평가받게 된 것이고, 대림산업이 늘 떳떳할 수 있게 된 것이리라.

성큼성큼 냉연 공장을 향해 걸어가는 이 회장 뒤를 따라가며 운전기사에게 공장장이 당황해하며 물었다.

"회장님이 뭐 화나신 일이 있나요? 문을 직접 열고 내리시는 게 좀 걱정스러운데요."

그러자 운전기사가 미소를 띠며 대답했다.

"아닙니다. 저희 회장님은 늘 당신이 직접 문을 열고 내리십니다. 원래 성품이 그러세요. 검소하고 소탈하

셔서 이렇게 먼 길을 오실 때도 수행비서 한 명 데리고 오
지 않으시거든요. 화가 나서 그러신 게 아닙니다. 염려 마
세요."

이준용 회장은 포항제철 냉연 공장을 바라보며 아버
지 고(故) 이재준 회장을 떠올렸다. 늘 원칙과 정도경영(正道
經營)을 실천하고 검소한 생활을 강조했던 어른이었다. 아
버지는 늘 이렇게 말씀하시곤 했다.

"어떻게 사는 것이 화사하게 사는 것인가? 실내를
요란한 장식과 필요도 없는 가구로 채우는 건 화사하게
사는 게 아니다. 자기 일상생활에 불편하지 않을 정도면
된다. TV 하나, 냉장고 하나만 있으면 충분한 것 아닌가?"

그런 아버지 밑에서 이준용 회장이 사치를 하거나
교만할 수는 없었다.

또 생전에 아버지는 자본과 경영이 분리되어야 한다
고 강조하곤 했다.

"기업주만이 꼭 기업을 책임지고 경영할 수 있는 것은 아니다. 본인의 의지와 그에 합당한 능력이 있어야 경영에 참여할 수 있는 거다."

아버지는 이런 마인드였다. 그리고 정도경영을 직접 몸소 실천했다. 현업에 있을 때도 물자를 구매하거나 하청을 주는 일 등에는 일체 관여하지 않았다. 직원들이 소신껏 일하기를 바랐기 때문이었다.

'그런 성품 때문에 박태준 회장님이 아버지께 이 냉연 공장 건설을 맡기신 거겠지.'

그렇다. 포항제철을 지을 때 박태준 회장은 냉연 공장 건설의 적임자로 대림산업을 직접 지목했다.

박태준 회장이 어떤 사람인가? 거의 다 지어진 발전 송풍 설비를 폭파해 버린 사람 아닌가.

1977년이었다. 포항제철 3기를 건설하는 현장을 박태준 회장이 감독하고 있었다. 그의 눈에 10센티미터가량 콘크리트 시공이 부실하게 되어 있는 곳이 발견됐다. 그러자 그는 그 다음날

건설 현장 책임자와 간부, 외국인 기술 감독자, 포철의 임
직원 전부를 불러 모았다.

"포항제철의 사전에 부실 공사는 없다."

그렇게 말하고 박태준은 발전 송풍
설비를 폭파하라고 지시했다. 모여 있
던 사람들은 숨소리 하나 낼
수 없었다. 설마 80%까지 진
척된 공사를 폭파하겠나
하고 생각했던 사람들의
눈앞에서 다이너마이트
가 터졌다.

그동안 들인 돈과
시간이 한순간에 날아
갔다. 그 대신 건설 현
장에 모인 모든 사람들
의 마음속에 흔들리지

않는 신념이 들어섰다.

"부실 공사는 절대 안 된다."

그런 박태준 회장이 대림산업의 이재준 회장을 선택한 거였다.

아버지 이재준 회장은 이준용 회장에게는 그렇게 늘 자신을 비추고 반성케 하는 '거울' 같은 분이었다

박태준 회장은 이렇게 말하며 공사를 맡겼다고 한다.

"공장은 자기를 만드는 주인을 닮기 마련이다. 포항제철의 냉연 공장처럼 중요한 곳은 대림산업의 이재준 회장 같은 분이 맡아야 한다."

그렇게 포항제철과 인연을 맺은 대림산업은 이후 제3호기와 4호기 공사를 맡게 되었다.

이준용 회장은 포항제철의 냉연 공장을 바라보며 그런 아버지를 떠올렸다. 아버지는 부를 벼슬처럼 생각하지 않았다. 다른 이들에게 부를 과시하는 행동을 끔찍하게 싫어했다. 그리고 자식들에게도 늘 같은 가르침을 주

려 애썼다. 아버지 이재
준 회장은 이준용 회장
에게는 그렇게 늘 자신을
비추고 반성케 하는 '거울' 같
은 분이었다.

아마 이준용 회장이 이
재준 선대회장에게서 받는
느낌은, 르네상스*를 꽃피
운 피렌체의 메디치 가문
에서 손자인 로렌초 데 메
디치가 할아버지인 코시모 데

---

* 14세기부터 16세기 서유럽 문명사에 나타난 문화 운동. 고대의 그리스·로마 문
화를 부흥시킴으로써 인간성의 해방과 인간의 재발견 그리고 합리적인 사유와
생활문화를 창출해 내려 했던 움직임이었다. 사상·문학·미술·건축 등 다방면에
걸쳐 이루어졌으며 14세기 후반~15세기 초반에 걸쳐 이탈리아에서부터 시작
됐는데, 메디치 가문이 이 르네상스를 꽃피우는 데 큰 역할을 했다.

메디치를 바라보는 느낌이었을 것이다. 아버지면서 동시에 '어떤 정신과 가르침'을 전해 주는 그런 인물로 느껴졌으리라.

메디치는 미켈란젤로와 갈릴레이, 다빈치, 마키아벨리 등 예술가와 사상가를 통 크게 지원해 르네상스를 꽃피우게 했던 피렌체의 위대한 가문이다.

피렌체의 메디치 가(家)는 원래 귀족 집안도 아니고 왕족 집안은 더더욱 아니었다. 시골에서 농사를 짓던 가문이었다. 그러다 조반니 데 메디치가 은행업에 뛰어들어 가문을 일으켰다.

조반니 데 메디치는 은행

업에 수완이 좋았던 데다가 '신용'과 '신뢰'가 사업을 하는 데 얼마나 중요한 것인가를 잘 알고 있던 사람이었다. 1414년 독일의 콘스탄츠에서 종교회의가 열렸을 때였다. '콘스탄츠 공의회'라 불리웠던 이 회의에서 신성 로마 제국의 황제 지기스문트는 당시 교황이었던 요한네스 23세를 강제 폐위하고 구금하면서 3만 5,000플로린(약 160억 원 정도)의 벌금을 부과했다. 그런데 이때 조반니 데 메디치는 그 벌금을 요한네스 23세에게 빌려주고 그를 피렌체로 모셔 왔다. 당연히 메디치 가는 큰 손실을 입었다. 요한네스 23세가 그 돈을 갚을 수 있을 리가 없었다. 그러나 메디치 가는 그 대신 교황청과 유럽의 여러 왕들에게 신용과 신뢰를 얻었고 이후 크게 번창해 나갈 수 있었다.

그를 이어 메디치 가문을 이끈 사람은 코시모 데 메디치였다.

"그는 대단히 사려 깊은 사람이었다. 외모는 중후하며 예의가 바르고 덕망이 높았다. 초년은 고통과 유배와 신변 위협 속에서 지냈으나, 지칠 줄 모르는 관대한 성향으로 모든 정적을 누르고 사람들로부터 큰 인기를 얻었다. 큰 부자이면서도 살아가는 모습은 검소하고 소탈했다."

『군주론』으로 유명한 마키아벨리*가 코시모 데 메디치를 평한 내용처럼, 코시모 데 메디치는 젊은 시절 피렌체의 실력자인 알비치가 여러 유력 가문들과 손잡고 메디치 가의 코시모를 제거하려는 위협에 시달렸다.

결국 감옥에 투옥되었다가 5년 동안의 추방형에 처해져 베네치아로 망명을 떠나야 했다. 그러다가 무능한 알비치가 독단적으로 권력을 행사하다가 피렌체에서 추방됐다. 그 덕에 코시모는 피렌체로 돌아와서 피렌체의

* 르네상스 말기 이탈리아의 사상가이자 『군주론』의 저자. 군소 국가가 난립하고 있었던 이탈리아의 발전을 위해서는 강력한 권력을 가진 군주에 의한 통일 국가 수립이 불가피하다고 생각했고, 이를 위해 군주는 공동체의 이익을 위해서 권모술수의 정치도 활용할 수 있어야 한다고 주장했다. 이런 마키아벨리의 사상으로 인해 '마키아벨리즘'은 목적을 위해서는 수단과 방법을 가리지 않는 권모술수를 가리키는 단순화된 개념으로 대중들에게 알려지게 됐다.

공식적인 지도자가 됐다.

그 이후부터 코시모 데 메디치는 피렌체의 전성기를 이끌었다. 30년간 피렌체를 다스리면서 피렌체를 부강하게 했을 뿐만 아니라, 인문학에 대한 애정을 가지고 가치 있는 고문서에 돈을 아낌없이 투자해서 '메디치 도서관'에 모았다. 또 뛰어난 학자들과 필경사들을 풍족하게 후원했다. 그 덕에 르네상스의 학문적, 사상적 기초가 마련될 수 있었다.

그런 한편으로 코시모는 늘 소탈하고 검소하게 살려고 노력했다. 그는 피렌체 시내를 다닐 때도 말을 타지 않고 걸어다녔고, 먼 거리를 가더라

도 말 대신 당나귀를 이
용했다. 일반 시민들
에게 거부감이나 위화
감을 주지 않기 위해
서였다. 또 길을 갈 때
만나는 시민들에게는

피렌체 사람들은
코시모를
피렌체의 현자이자
수호자로 여기며
사랑을 보냈다

언제나 모자를 벗어서 인사했고 항상 웃음 띤 얼굴로 대
했다.

그랬기에 피렌체 사람들은 코시모를 피렌체의 현자
이자 수호자로 여기며 사랑을 보냈다. 그 덕에 코시모가
다스리던 시기의 피렌체는 정치·사회적으로 안정을 누렸
고 경제·문화적으로 번영을 누리게 됐다.

르네상스의 초석을 놓은 인문학의 후원자 코시모가
1464년 76세로 사망했을 때, 그 뒤를 이어 메디치 가문을
발전시킨 이가 로렌초 데 메디치다. 그는 코시모의 손자
다. 코시모의 아들 피에로 데 메디치는 건강이 안 좋아서

가문을 물려받은 지 5년 만에 죽었기 때문에 손자가 곧바로 가문을 이어받은 것이었다.

로렌초 데 메디치는 할아버지의 위업을 이어받아 23년간 피렌체를 통치했다. 그의 시대 역시 할아버지 때와 마찬가지로 정치·사회·경제·문화 각 방면에서 피렌체가 크게 융성한 시기였다. 그는 외교 수완이 뛰어났고 또 인문학적 소양도 무척 높았다. 그래서 피렌체 사람들은 그를 두고 '일 마그니피코(위대한 자)'라고 불렀다.

로렌초도 그 할아버지 못지않게 학문과 예술 방면에 물심양면으로 후원을 아끼지 않았다. 학자와 작가들에게는 경제적으로 풍족히 지원했다. 또 할아버지가 만든 '메디치 도서관'을 수많은 장서들로 채웠고 피사대학과 피렌체대학에 매년 거액의 기부를 했다.

게다가 로렌초는 많은 예술가들을 도왔다. 특히 젊은 미켈란젤로를 불러서 메디치 궁에 4년간 머무르게 하며 수많은 작품을 만들어 낼 수 있도록 후원했다. 레오나

르도 다빈치, 보티첼리, 벨로키오 등의 예술가들도 로렌초의 후원을 통해 그들의 예술적 재능을 꽃피울 수 있었다.

> " 한국의 재벌이나
> 부자들도
> 메디치 가문에게서
> 본받을 대목이 많다 "

그래서 연세대 김상근 교수는 메디치 가문을 이렇게 평한다.

"메디치 가문의 가장 탁월한 점은 시대의 흐름을 정확히 읽었다는 점이다. 새로운 문화 운동인 르네상스를 이끌어 간 주역이자 '노블레스 오블리주'에 관한 한 최고의 모델이다. 한국의 재벌이나 부자들도 메디치 가문에게서 본받을 대목이 많다."

포항제철 냉연 공장 앞에 선 이회장은 마치 오래전 자신에게 검소함과 소탈함을 가르친 아버지 곁에 서 있는

'아버지, 당신이 있었기에

대림산업이 있고

대한민국이 있습니다'

느낌이었다. 메디치 가문에서 실질적인 창업자이자 '국부'인 코시모가 '위대한 자' 로렌초에게 그의 검소하고 소탈한 정신과 공동체를 위한 마음을 건네주었던 것처럼 말이다.

이 회장은 포항제철의 냉연 공장이 마치 아버지처럼 말을 걸어오는 것 같다고 느꼈다.

'구부러진 못 하나라도 아껴 써라…… 공사를 맡았다면 철저하게 끝내라…… 어떤 경우에도 부실이 있어서는 안 된다…… 어려운 사람은 절대 지나치지 마라…… 나라와 민족을 위해 무엇을 할 수 있는지를 항상 생각해라…….'

이준용 회장은 나지막히 바로 앞에 아버지가 있는 듯 대답했다.

"아버지, 당신이 있었기에 대림산업이 있고 대한민국이 있습니다. 걱정 마세요. 당신의 가르침대로 살려고 지금까지 노력해 왔습니다. 그리고 제 마지막 결심을 굳히기 위해 여기까지 내려왔습니다. 지켜봐 주세요."

성장과
위기

포항제철 근방 음식점에서 간단히 저녁을 먹고 난 뒤 이 회장이 차에 올랐다.

"오늘 하루는 참 길었어. 피곤하겠지만 서울로 바로 올라갑시다. 내일 회사에서 이것저것 정리할 게 많아서 말이지."

"예, 알겠습니다. 회장님은 좀 주무세요. 천천히 안전하게 운전할 테니 걱정 마시고요."

기사의 말에 이 회장은 잠시 미소를 보이고는 뒷좌석 깊숙이 몸을 묻고 눈을 감았다.

잠을 청했지만 잠이 오지 않았다. 눈을 뜨고 창밖을 봤다. 어둠 속에서 가로등 불빛에 비친 길가 풍경이 쏜살같이 흘러 지나가고 있었다. 조금 그러고 있자니 지나온 시절이 영사기를 돌리듯 생생하게 기억 저 깊은 곳에서부터 떠올라 눈앞에 펼쳐지는 것 같았다.

'해외로 나가야 해. 국내 경제가 더 발전하려면 해외에서 돈이 들어와야 해. 부존자원이 적고 인구가 적은 우리나라가 더 부강해지려면 물건을 수출해서 외화를 벌어야 하듯, 건설도 해외로 나가야만 한다.'

이준용 회장은 교수 생활을 접고 대림산업에 들어올 때부터 이런 생각을 늘 갖고 있었다.

그러다 기회가 왔다. 미국 해군시설처(OICC)가 베트남에서 발주한 라치기아 항만 공사를 1966년 1월에 수주하게 된 것이다.

그리고 그다음 달 공사 착수금으로 4만 5,000달러가 한국 은행에 송금됐다. 해외 건설 진출 1호는 태국 고속도로 공사를 수주한 현대건설이었다. 하지만 실제로 공사 대금이 국내에 입금된 것은 대림이 처음이었다.

'그 4만 5,000달러가 통장에 들어왔을 때는 얼마나 기뻤는지 몰라. 모든 걸 다 가진 것 같은 느낌이었지.'

그 공사로 자신감이 붙었다. 대림산업은 곧바로 싱가포르와 태국 등 동남아시아는 물론이고 사우디 아라비아와 이란 같은 중동까지 진출했다. 1970년대 '중동 신화'*의 서막이 오른 것이다.

'1975년이었던가? 베트남에서의 위기도 잘 넘겼고……'

---

* 1970년대 중동의 산유국들은 넘쳐 나는 오일달러를 사회간접자본을 마련하는 데 아낌없이 투자했다. 그런 중동은 '베트남 특수'가 끝나 새로운 돌파구가 필요했던 한국 경제에 있어서는 '기회의 땅'이었다. 1973년 삼환기업이 사우디아라비아의 고속도로 공사를 따내면서 중동 진출 러시가 시작됐고, 정부의 전폭적인 지원을 받으며 여러 건설사가 중동으로 진출했다. 1975년부터 1980년까지 한국 외화 수입액의 85% 정도가 오일달러였다.
하지만 중동에서 일하는 것은 결코 만만하지 않았다. 7, 8월이면 기온이 섭씨 40도에서 60도까지 올라갔다. 수돗물에는 석회분이 많아서 배탈을 앓거나 담석증에 걸리는 사람도 많았다. 반면에 오락거리는 하나도 없어서 과일 등을 발효시켜 만든 '싸대기'라는 밀주 한잔 걸치는 게 고작이었다. 그런 와중에도 중동에 진출한 노동자들은 오전 6시부터 오후 5시까지 하루 10시간 이상 일하며 피땀 어린 '오일달러'를 벌어들였다.

1975년 4월 26일 월맹 측이 사이공 장악을 위한 '호치민 작전'**을 시작했고, 미국의 포드 대통령은 29일 주월남 미국인의 완전 철수 명령을 내림과 동시에 사이공 시내에 있던 미국 대사관을 폐쇄했다. 곧바로 30일 정오에 월남 정권은 월맹에 항복했고 월맹군과 베트공의 전차대가 사이공 시내에 입성했다. 이런 급박한 상황 속에서 대림산업은 4월 25일 사이공 지점을 폐쇄하고 마치 007 영화처럼 긴박하게 철수했다.

"무조건 월남에 있는 미국인들이 철수하기 전에 우리 직원들 전원이 나와야 해!"

•• 1975년 4월 베트남전 막바지에 베트남 공산당(월맹)이 사이공을 함락시키기 위해 벌인 최종 공격이다. 월맹 측은 우기가 닥치기 전인 5월 1일까지 사이공을 함락시키는 것을 목표로 작전을 펼쳤다. 이로 인해 사이공 시내에는 계엄령이 선포됐고 미국 대사관 옥상에서 헬기로 미국 대사관 직원과 남베트남 인, 그리고 대한민국 영사관 직원 등이 긴급히 탈출해야 했다. 미국 대사관 옥상에 헬기가 떴을 때, 급박하게 돌아가는 상황을 깨달은 베트남 시민들 1만여 명이 마지막 탈출 루트인 헬기를 타기 위해 몰려들었는데, 이 모습은 뮤지컬 〈미스 사이공〉의 클라이막스 장면에도 차용이 됐다. 결국 1975년 4월 30일 사이공은 함락됐고, 베트남은 공산화됐다.

상황을 보고받은 이준용 회장이 이렇게 말하자 현지 직원이 답했다.

"아직 장비와 자재가 남아있는데요……."

이 회장의 목소리가 커졌다.

"무슨 소리야? 다 버려두고 나와도 상관없어. 하지만 단 한 사람도 다쳐서는 안돼!"

대림산업은 월남에서 아직 마무리하지 못한 공사들이 남아 있었다. 그랬기에 중장비와 자재를 버려 놓다시피 하고 철수해야만 했다. 하지만 단 한 사람의 인명 피해도 없었다.

경인고속도로, 호남고속도로, 서울지하철, 청계천 공사, 여수엑스포를 앞두고 만든 이순신대교, 세종문화회관, 국회의사당, 잠실올림픽주경기장, 한국은행, 광화문광장…….

이 모든 공사 현장도 꿈결처럼 지나가는 듯했다.

'세종문화회관 공사는 우리 대림 직원들이 직접 수주를 받아 온 것이나 다름없었지.'

원래 지금 세종문화회관 자리는 1955년 이승만 대통령의 아호를 딴 우남회관건립위원회가 지하 1층 지상 4층의 건물을 1961년에 완공해서 시민회관으로 개관했던 곳이다.

그런데 1972년 12월 2일에 방송국에서 공연을 하다가 전기 화재가 발생하며 모두 불타 버리고 말았던 것이다. 공연 중에 불이 났기 때문에 많은 사상자가 발생했다. 악몽 같은 밤이었다.

그런데 그다음 날 새벽, 당시 정부 고위층 인사가 화재 현장을 방문했을 때 놀라운 광경을 목격하게 됐다. 한 40~50명의 사람들이 빗자루 등의 도구를 들고 화재 정리를 하고 있었다. 그리고 그 사람들은 모두 '대림 유니폼'을 입고 있었다. 대림 직원들이었다.

그 모습에 감동받은 정부는 불탄 잔해를 치우는 시민회관 철거 공사와 세종문화회관 공사를 대림산업에 맡기게 됐다. 그렇게 만들어진 세종문화회관은 이후 국내 공연 예술의 판도를 바꾸어 놓았고 국제적 규모의 공연장으로 자리매김하게 되었다.

'그런 사람들을 내가 어찌 잊을 수 있겠나.'

이 회장의 기억은 고속도로를 내달리는 자동차의 속

도만큼이나 빨리 내달
리고 있었다.

엄청난 폭음과 함께
공사 현장은 생지옥으로
바뀌어 버렸다

그리고 그날이 생
각났다. 대림산업의 역사상 가장 쓰라린 재앙이 있었던
그날…….

1988년 6월 30일 오후 3시 40분쯤, 대림산업의 수송
동 본사에 이란으로부터 긴급 사고 소식이 타전됐다.

"현장 피격, 1급 데미지 발생!"

이란의 캉간 가스정제공장 건설 현장에서 날아온 소
식이었다. 이란 현지 시간으로는 6월 30일 아침 8시 25분경
이었다. 아침 7시부터 작업이 시작된 캉간의 가스정제공장
건설 현장에 공습 사이렌이 울렸다가 곧 해제됐다. 그런
뒤 2~3분 후에 갑자기 경보가 재발령됨과 거의 동시에 이
라크의 전투기 8대가 날아들어 무차별 공습이 시작됐다.

눈 깜짝할 사이였다. 엄청난 폭음과 함께 공사 현장

은 곳곳에 검은 연기가 치솟으며 생지옥으로 바뀌어 버렸
다. 현장에는 한국인과 현지인 합쳐서 900여 명이 작업을
하고 있었지만 대피할 겨를조차 없었다. 불과 20~30초 동
안 행해진 이라크 전투기의 공습으로 대림의 노동자 12명
이 사망했고 실종 1명, 중상 19명, 경상 23명이라는 대참
사가 발생하고 말았다.

1980년 9월 이라크의 독재자 후세인 대통령이 이전
의 국경조약이 불평등하다며 이란 수도 테헤란을 공습하
며 발발했던 이란-이라크 전쟁*이 그때까지 8년째 계속되
고 있었다. 이라크는 주로 전쟁 비용을 조달하는 정유 시설
등에 폭격을 종종 하곤 했다. 이미 완공된 시설들을 공습
하는 것이었다. 하지만 캉간 가스정제공장처럼 건설 현장

* 1980년부터 1988년까지 이란과 이라크가 중동 지역의 패권을 놓고 다툰 전쟁.
1979년 이란이 혁명으로 혼란 상태에 빠지고 군사력이 급속하게 쇠퇴하는 모습
을 보이자, 이라크의 독재자 사담 후세인이 이를 호기로 삼고 이란을 침공한 데
서 비롯됐다. 1975년의 협정에서 샤트-알-아랍 수로 경계선을 군사력이 열세였
던 이라크가 이란에게 유리하게 양보해야 했는데 그 수로의 영유권을 되찾음과
동시에 지역 패권을 찾겠다는 후세인의 야심 때문이었다. 1980년 9월 22일 이

을 폭격한 것은 이례적
인 일이었다.

　　대림은
전세기를 구
해 사망자와
부상자를 국
내로 후송하고 당시로써는 일반적인 사회 통념을 넘어선
최고의 보상금을 지급하며 애를 썼다. 더운 여름이었고
며칠째 열대야가 기승을 부렸다.

　　그런 노력에도 불구하고 몇몇 언론사들의 편파적인
보도가 대림산업을 곤혹스럽게 했다. 이라크 공습으로 인
해 대림산업 역시도 엄청난 피해를 입었지만, 대림의 명

라크 공군이 이란 내 주요 공군기지에 대한 기습을 감행함으로써 시작된 이 전
쟁은 이후 8년을 끌며 공방을 거듭했다. 결국 1988년 8월 유엔이 내놓은 정전안
을 양국이 수락하며 마무리됐다. 양쪽은 이 전쟁으로 인해 100만 명 이상의 인
명 피해와 약 1조 달러 이상의 물적 피해를 입었고, 석유가 많이 나는 부유한 나
라에서 빚쟁이 나라로 전락하고 말았다.

예는 실추됐고 이상한 방식으로 비난을 받게 됐다. 건설 현장에는 공습 대피 훈련도 없었고 대피 시설도 없었다거나 의료진이나 의료 시설이 전무했으며 현장에서는 저녁에 먹다 남은 밥을 끓여 단무지와 함께 배식했다는 왜곡된 보도가 나돌았다. 악의에 찬 소문을 여과없이 기사로 내보낸 것이었다.

엄연히 이라크라는 책임의 직접적인 당사자가 있음에도 사태 수습을 위해 최선을 다하고 있었던 대림산업이 온갖 비난과 억측의 대상이 되자, 대림산업의 직원들이 참지 못하고 나섰다. 비가 내리는 날 종로구 수송동 본사에서 용산구 한남동 이라크 총영사관까지 인도를 따라 도보로 침묵시위를 벌였고 이라크 총영사를 방문해 공식 사과를 요구했다. 또 편파 보도를 해서 대림의 명예를 실추시킨 언론사 앞에서도 침묵시위를 벌였다.

직원들의 억울한 마음을 이해 못 하는 바는 아니었지만, 이 회장은 모든 것을 대림이 떠안을 수밖에 없다고 생각했다.

'사람이 다치고 죽었는데…… 그 앞에서 다툴 수는 없어…….'

이 회장은 수송동 본사 대강당으로 전체 임직원들을 모았다. 임직원들의 눈빛에는 안타까움과 억울함이 배어 나오고 있었다. 이 회장은 잠시 직원들을 둘러본 뒤 입을 열었다.

"책임의 직접 당사자는 따로 있는데 가장 큰 피해자라고 할 수 있는 우리 대림이 여론의 질타를 받고, 일부 유족들에게 행패를 당하고, 사옥이 점거되고, 회사 기능이 마비되는 이러한 사태를 맞이하게 된 것에 섭섭한 면이 없는 것은 아닙니다. 하지만 피해 근로자 가족은 물론이고 전 국민에게 커다란 충격을 준 것은 사실인 만큼, 사과하는 것은 당연합니다."

임직원이 웅성거렸다. 이 회장은 계속 말을 이었다.

"파격적으로 상당한 액수의 보상금을 지급하기로 한

것은 그런 비난이나 질타가 무서워서가 아닙니다. 생명은 그 무엇보다도 고귀하기 때문입니다. 그것도 국내에서가 아니고 해외에서, 단순히 작업을 하다가 변을 당한 것이 아니고 이란과 이라크의 분쟁 가운데서 아까운 목숨이 희생된 데 대한 보상입니다. 우리나라 사람의 목숨이 결코 값싸지 않다는 것을 그들에게 보여 주고 싶기도 했습니다."

임직원의 웅성거림이 조금씩 잦아들었다. 그들은 대림이 어떤 기업 정신으로 지금까지 이어져 왔는지 잘 알고 있었고, 이 회장이 지금 무엇을 말하려 하는지 이해하고 있었기 때문이었다. 이 회장의 목소리가 조금 떨렸다.

"뜻밖에 남편과 아버지를 잃은 일부 유족들의 사리에 벗어난 태도와 처지는 이해해 주어야 합니다. 일부 언론의 편파적인 보도는 언론의 기능을 알면 어느 정도 이해가 가는 일입니다. 하지만 지금 생각해도 사상자를 후송하려 마련한 전세기 편에 보도진을 동승시키지 않았던 것은 이란의 당시 상황을 고려해 볼 때 잘한 결정이었던 것 같습니다."

대림이 유해와 부상자를 후송하기 위해 특별기를 보낸다는 소식이 알려지자 각 언론사에서는 그 전세기에 취재진을 편승시켜 달라고 요청해 왔었다. 그러나 당시 이란은 너무 불안했고 치안 상태도 위험하기 그지 없었다. 실제로, 사고가 나고 20여 일 후 대한민국 정부의 합동 조사단이 테헤란으로 가서 피폭 현장을 조사하려 했지만 이란 정부가 거절했다. 합동 조사단은 테헤란에서 그냥 돌아올 수밖에 없었다. 그런 사정 때문에 보도진 편승을 거절했던 것인데 그게 일부 언론의 편파 보도의 계기가 되어 버렸던 것이다.

이 회장이 다시 임직원을 바라보며 말을 이었다.

"분함을 참지 못하고 직원 여러분이 비가 쏟아지는 날 이라크 총영사관까지 침묵시위를 하며 항의하고 사과와 보상을 요구한 것이나, 진상 규명을 위한 공개 토론을 갖자고 신문에 광고를 낸 것이 무엇 때문이었는지 저는

노블레스 오블리주 이준용

잘 압니다. 여러분께서 회사를 걱정하고, 회사의 일을 걱정하고, 회사의 장래를 위해 순수한 마음에서 벌인 일이라는 것을 제가 왜 모르겠습니까. 그 마음 너무 고맙고 감사합니다. 허나 우리가 하고 싶은 말, 우리의 억울함을 아무리 구구절절 해명한들, 피해를 입은 유가족들이나 대한민국 국민 여러분께는 염치없는 것으로 비치기 쉽습니다. 모든 피해와 억울함은 우리 대림이 안고 갑니다. 인명보다 귀한 것은 없습니다. 사람이 다치고 죽은 사건 앞에서 우리는 자중자애해야 합니다."

그 이후, 대림은 이란 캉간 건설 현장의 악몽에서 점차 벗어나 항심(恒心)을 찾을 수 있었다. 그리고 그때 이준용 회장의 마음속에는 대림 가족들이 더욱 크게 자리잡게 됐다.

'그리고 10년 후 외환 위기가 닥쳤지…….'

이 회장의 생각은 또 쏜살같이 10년의 시간을 건너

뛰어 달렸다.

1997년 12월 3일……. 그날 7시 40분 당시 경제부총리였던 임창렬 부총리가 미셸 캉드시 국제통화기금(IMF)* 총재와 함께 긴급 경제 구제 자금 합의서에 서명했다는 보도가 나왔다. 195억 달러를 빌리기로 한 거였다.

외환 거래가 자율화되고 난 뒤 한동안 환율이 안정적으로 운용되자, 국내 금융 기관들이 낮은 금리의 외국 돈을 빌려 와 국내 기업에 장기로 대출을 해 주곤 했다. 그러다 태국에서부터 외환 위기가 불어닥쳐 아시아 신흥 국가들을 강타했다. 비축용으로 보유하고 있었던 달러를 환율을 방어하는 데 써야 했다.

그러는 사이에 방만한 경영을 했던 기업들이 무너지

---

* 세계 무역의 안정을 목적으로 1945년에 설립된 국제 금융 기구. 본부는 미국 워싱턴 D.C.에 있고 188개국이 가입되어 있다. 가맹국의 출자로 공동의 기금을 만들어 이를 각국이 이용하도록 함으로써 가맹국들의 외화 자금 조달을 원활히 하고 나아가서는 세계 각국의 경제적 번영을 가져오도록 하는 것이 목적이다. IMF는 International Monetary Fund의 약자다.

면서 돈을 빌려줬던 외국 금융 기관들은 대출을 연장해 주지 않았다. 달러를 갚아야 하는데 갚을 달러가 없는 상황

'외환 위기 시절'이 본격화되는 순간이었고 대한민국 경제가 곤두박질치는 순간이었다

이 되어 버렸던 것이다. 결국 대한민국은 IMF에 긴급 구제 금융을 받을 수밖에 없었다.

'외환 위기 시절'이 본격화되는 순간이었고 대한민국 경제가 곤두박질치는 순간이었다. 1998년 초에 금리는 20%까지 치솟았다. 반면 주식시장은 폭락했다. 종합 주가 지수가 500포인트대에서 277포인트까지 반토막 났다. 깡통계좌를 들고 울부짖는 사람들의 목소리가 들리는 듯했다.

그런 주식들은 이후 눈 밝은 외국인 투자자들이 헐값에 사들인 후에 대한민국 경제가 안정화된 다음 되팔아 엄청난 이익을 남겼다.

부동산 가격도 폭락했다. 그렇게 폭락한 부동산을 외국인 투자자들이 헐값에 사 갔다. 원화 가치가 반 토막이 나다 보니 달러를 쥔 외국인 입장에서는 갑작스레 한국의 부동산 가격이 반값이 된 것이나 다름없었다. 거기에다 실제 부동산 가격도 하락하다 보니 거의 70% 바겐세일이나 마찬가지였다. 실제로 스타빌딩은 외국 투자 회사인 론스타에서 1,000억 원에 사서 3년 만에 3,500억 원에 되팔아 천문학적인 이익을 남겼다.

연일 가격제한폭까지 환율이 폭등했다. 외환 위기 전에는 1달러에 800원이었다. 하지만 순식간에 2,000원까지 치솟았다. 해외에서 유학을 하는 사람들은 돌아올 수밖에 없었다. 원화 가치 폭락으로 인해 도저히 유학 자금을 감당할 수 없었던 것이다.

기업들의 부도 소식이 하루건너 한 번씩 들려왔다. 1997년 초 재계 서열 14위였던 한보그룹의 부도가 시작이었다. 3월 19일 삼미가, 4월 21일 진로가, 5월 15일 삼립이 부도가 났다. 미도파, 한신공영, 기아, 쌍방울, 뉴코아, 고려증권, 한라그룹……. 내로라하는 기업들이 줄줄이 넘어졌다. 많은 기업이 이 시기에 외국 기업에 넘어갔다.

그나마 살아남은 기업들은 몸집을 줄이고 내실을 기하기 위해 사람들을 털어 냈다. 1997년 12월 말 53만 명이던 실업자 수가 1998년 9월에는 170만 명으로 늘어났다. 정리해고와 구조조정의 시대였다. 엎친 데 덮친 격으로 물가는 하루가 다르게 수직 상승하고 있었다. 돈은 없고 물건값은 비싼 시기였다.

나라에 외환이 모자라면 엄청난 환란을 겪을 수 있다는 것을 체험한 시기였고, 기업은 채무의 무서움을 처절하게 경험한 시절이었다.

"회장님, 인도네시아에서 철수해야 할 것 같습니다. 인도네시아도 외환 위기를 맞아 도저히 공사를 진행시킬 수 없는 것 같습니다."

1998년 2월이었다. 미국 스톤 앤 웹스트 사로부터 하청을 받은 공사였는데 1억 1,300만 달러 규모의 공사였다. 하지만 인도네시아도 외환 위기에 몰려 대규모 건설 사업을 취소하거나 연기할 수밖에 없는 상황이었다.

국내외로 상황이 너무 좋지 않았다. 1998년에 건설 수주는 40% 가까이 급감했다. 극도의 신용 경색이 뒤따랐다. 대규모 사업을 추진했던 대기업들이 줄줄이 무너졌다. 대우건설, 극동건설, 쌍용건설······.

'정말 끔찍한 시절이었지. 우리 대림산업도 무척 힘들었었고.'

이준용 회장은 차창을 바라보며 그때가 생각나 잠시 한숨을 내쉬었다.

그러나 그 처참했던 시절에도 우리 국민들은 한숨만 쉬고 있지는 않았다. 1997년 말 IMF 구제 금융을 받기로 합의했던 날부터 누군가의 제안으로 '금 모으기 운동'이 벌어졌던 것이다.

어느 목사님의 제안으로 시작됐다는 금 모으기 운동

은 점점 들불처럼 확산
됐다. 누군가는 장롱 속
에 넣어 두었던 아이 돌
반지를 꺼내 왔고, 어
떤 할머니는 대대로 물
려받은 금가락지를 가
져왔다. 국가대표 양궁
선수는 올림픽 금메달

> 금모으기 운동에는
> 243만 명의 국민이
> 참여했고,
> 총 165톤의 금이 모였다
> 이를 내다 팔아
> 22억 달러의 외화를
> 벌어들일 수 있었다

을 내놓았고, 유명 가수는 순금 트로피를 아낌없이 희사
했다. 사연이 깃든 금팔찌며 금목걸이도 서슴없이 내놓곤
했다. 1,200만 원짜리 골드바가 기부되기도 했고 해외 교
포들도 금 모으기 운동에 참여해 왔다.

금 모으기 운동에는 1998년 1분기 동안 243만 명의
국민이 참여했다. 그리고 총 165톤의 금이 모였다. 이를
내다 팔아 22억 달러의 외화를 벌어들일 수 있었다. IMF
에서 구제 금융으로 받은 돈의 1/10에 해당하는 엄청난 돈

이었다.

　　해외의 유력 언론들은 앞다투어 한국의 '금 모으기
운동'을 보도했다. 러시아의 부총리는 한국의 금 모으기에
감동했다며 찬탄을 아끼지 않았다. 그들로서는 모든 국
민이 혼연일체가 되어 국가적 어려움을 극복하려는 대한

민국 국민들의 애국심에 깜짝 놀라지 않을 수 없었던 것이다.

　방송으로 중계되는 금 모으기 운동을 보며 이준용 회장은 대한민국의 저력에 감탄하지 않을 수 없었다.

　'구한말 국채보상운동도 그랬고, 외환 위기가 닥치자 시작된 이 금 모으기 운동도 그래. 우리 국민들은 다른 나라 국민들과 달라. 위기가 닥치면 똘똘 뭉쳐서 다른 나라 사람들이 까무러칠 정도로 놀라운 일을 해내곤 하는 거지.'

　이준용 회장은 그 감동적인 모습을 보며 마음속의 어떤 결심을 굳히고 있었다.

　그 무렵 대림산업도 여러모로 자금 압박에 시달리고 있었다. 자칫 잘못하면 부도가 날 수도 있었다. 회사를 건실하게 운영해 나가겠다는 의사를 명확하게 밝혀야 했다.

'그러자면 최고경영자가 그런 확고한 의지를 표현해야 한다. 대림산업은 지금의 나를 있게 해 준 공동체다. 또 우리 대림 가족 모두가 힘써 일하고 가족을 부양하고 삶의 보람을 얻는 터전이다. 내가 가진 모든 것을 다 쏟아부어서라도 바로 세워야 한다.'

이 회장의 눈앞에 대림 직원들의 얼굴 하나하나가 떠오르는 듯했다. 그리고 그들이 가족들과 행복한 시간을 보내는 모습이 머릿속에 그려졌다. 그들의 행복을 지키고 싶었다. 회사가 어려워질 때, 리더는 더욱 책임감을 느끼게 되는 법이다.

이 회장은 마음을 다잡았다. 결심이 흔들리기 전에 일을 처리하기로 마음먹었다. 그는 곧바로 본인이 가지고 있던 주식과 상속받은 부동산의 리스트들을 정리한 뒤, 실무자를 불렀다.

"이대로 처리해 주게."

실무자의 눈이 놀란 토끼 눈이 됐다.

"회장님, 이…… 이건……."

이 회장이 손을 들어 말을 막았다.

"아무 말도 하지 말고 거기 적힌 대로 해 주게. 대림산업에 대한 평소 내 마음을 담은 것이라네."

실무를 담당한 직원의 눈에 눈물이 그렁그렁해졌다.

그리고 그다음 날 1998년 8월 6일자 신문에 놀라운 기사가 실렸다.

"대림산업 이준용 회장, 333억 원대 사재 출연, 전액 회사 채무 상환에 사용. 대림산업 이준용 회장이 지난 5일 주식 매각 대금과 토지 등 333억 원대 재산을 회사 재무 구조 개선을 위해 무상 증여했다."

자신의 큰 재산을 아무 조건 없이 회사를 살리기 위해 내놓은 이 회장의 진심 어린 마음이 통해서였을까. 대림산업은 거센 외환 위기의 풍파 속에서도 무사히 견뎌 낼 수 있었다. 1962년 당시 30대 건설사에 속했던 기업 중에서 지금까지 법정 관리나 워크아웃을 겪지 않은 업체는 대림산업이 유일했다.

어두운 고속도로를 달리는 차창 밖의 풍경은 그런 일들이 있었는지 모르겠다는 듯 무심하게 휙휙 지나가고 있었다.

'그땐 회사를 살리기 위해서였다면, 이제는 대한민국을 위해서 결단을 내려야 할 때인 거지. 그래, 어쩌면 그런 일을 하라고 하늘이 우리 대림산업을 그리고 나를 돌보아 주셨던 것이 아닐까.'

이 회장은 달리는 차의 앞 유리창을 응시했다. 쭉 뻗은 경부고속도로가 왠지 대한민국의 미래를 상징적으로 보여 주는 듯했다.

'우리 민족의 마지막 과제를 풀어낸다면 대한민국은 저 고속도로를 달리는 것처럼 약진할 것이야……'

다시 뒷좌석에 몸을 묻은 이 회장은, 이번에는 편안한 잠에 빠져들 수 있었다.

선배,
유일한의 길

다음 날, 이준용 회장은 본인 집무실 책상에 앉아 언젠가 마음에 담아 두었던 사람을 조용히 떠올려 보고 있었다. 유일한 유한양행 설립자. 한평생 일군 회사와 전 재산을 사회에 환원하고 떠난 사람.

유일한. 그는 1895년 평양의 상인 집안에서 태어나 9세 때 미국 선교사를 따라 미국으로 건너갔다. 그런 다음 미국에서 미시간대학을 졸업하고 GE에 회계사로 취직했다. 하지만 그 무렵 일본이 조선의 국권을 강탈했고, 유일한 박사는 빼앗긴 나라를 그냥 두고 볼 수는 없었다. 독립을 위한 자금이 필요하다고 생각했다.

일단 유일한 박사는 장사를 시작했다. 미국에 있던 중국인들을 겨냥해 숙주나물을 통조림으로 만들어 팔았다. 그 통조림은 크게 성공해서 유일한 박사는 큰돈을 벌었고, 그 돈을 아낌없이 독립 자금으로 제공했다.

이후 유일한 박사는 1926년에 의사였던 중국인 아내 호미리와 함께 한반도로 돌아와 서울 종로에 유한양행을 설립했다. 결핵약과 그 유명한 진통소염제 '안티푸라민'을 출시해 크게 성공을 거두었다.

하지만 점점 식민지 조선을 통치하던 일본이 군국주의화되어 가자 유일한 박사는 1938년 다시 미국 서던캘리포니아대학에서 수학하며 경영학 석사 학위를 받았다. 그와 함께 미국에서 더 적극적으로 독립운동을 펼쳤다. 1941년에는 LA에서 한인국방경비대를 창설했고 직접 특수 요원으로 뛰기도 했다.

그러다 1945년 도둑처럼 해방이 왔다. 유일한 박사

는 해방된 조국에 돌아와 유한양행의 경영에 전념했다. 전쟁을 거치면서도 유한양행은 쑥쑥 성장해서 대한민국 최고의 제약 회사가 되었다.

평생을 식민지 조선의 해방을 염원하며 살았던 유 박사는 말년에 깜짝 놀랄 만한 결정들을 했다. 1969년에 유 박사는 자신이 전념해서 일군 유한양행을 전문경영인에게 맡겼다. 그러면서 동시에 부사장으로 근무하던 아들과 조카를 해고했다. 대부분의 회사들이 경영을 자식과 친척들에게 맡기는 것과는 전혀 다른 결정이었다.

하지만 더 놀랄 만한 일은 1971년 유일한 박사가 작고했을 때 드러났다. 유 박사의 유서가 공개됐을 때, 사람들은 깜짝 놀랐다. 자신이 가진 유한양행 주식 15만 주를 모두 자신이 세운 유한공업고등학교 재단에 기증하라고 적혀 있었던 것이다. 아들에게는 '대학까지 공부시켜 줬으니 이제 자신의 길은 자신이 스스로 개척하라'는 가르침만 남겼다.

유한양행을 맡은 초대 전문경영인 이종대 회장은 "딸이고 아들이고 그 이후 회사에 일절 개입하지 않았다. 그게 너무 놀라웠다."고 회고한다. 본인의 결심도 결심이지만, 자녀들이 그 결심을 두말 않고 따라 준 것은 정말 쉽지 않다는 뜻이었다.

유일한 박사는 언제나 '우리 민족'과 '대한민국'을 잊지 않고 살았다. 그랬기에 세금에 대해서도 남달랐다.

'국민을 위해 쓰일 돈이다. 그러니 세금은 무조건 원칙대로 납부해야 한다.'

유 박사는 그렇게 믿었다. 그리고 그 신념대로 단 한 푼의 세금도 누락시키지 않고 국가에 납세했다.

언젠가 유한양행이 정권의 눈 밖에 나게 된 때가 있었다. 유일한 박사가 정치인들이 정치 자금을 달라는 요

"한국에 무슨 이런
회사가 있나 싶었다
정말 털어도 먼지 하나
나오지 않았다"

구에 응하지 않았기 때문이었다. 그로 인해 유한양행은 정부로부터 혹독한 세무 조사를 받아야 했다. 하지만 끄덕 없었다. 당시 유한양행의 세무 조사를 맡은 감찰 팀장이 이렇게 말할 정도였다.

"20일간 세무 조사를 했다. 하지만 아무 문제가 없었다. 깨끗했다. 한국에 무슨 이런 회사가 있나 싶었다. 정말 털어도 먼지 하나 나오지 않았다."

늘 소탈하고 검소하게 그리고 정직하게 회사를 운영했기에 유한양행에는 일체의 비리나 탈세가 없었던 것이다. 살아서는 민족의 독립과 나라의 번영을 위해 혼신의 힘을 다 바쳤던 유일한 박사는, 작고하면서 대한민국에 '노블레스 오블리주'의 모범을 남기게 됐다.

이준용 회장은 유일한 박사를 생각해 보며 마지막

결심을 준비하고 있었다.

그때 방문을 두드리는 소리가 들리고 문이 열렸다.

"아버지, 점심 드셨어요?"

장남 이해욱 대림산업 부회장이었다.

"아직이다. 무슨일이냐?"

"마침 잠시 시간이 나서요. 아버지와 점심 같이하려고요."

"그러자. 나도 좀 출출하던 참이다. 설렁탕 어떠냐?"

사랑은 아무것도 소유하려 하지 않는다. 단지 사랑하기를 원할 뿐이다.

헤르만 헤세

유산은 독약이다. 죽음이 목전에 닥쳐서야
떨리는 손으로 뭉칫돈을 내놓는 일은 정말 하기 싫다.

정문술, 미래산업 창업자

통일,
후손들에게 줄 선물

잠시 후 아버지와 아들은 100여 년 동안 설렁탕을 팔아 왔다는 유명한 설렁탕 집에 마주 앉았다. 이 회장이 국물을 한 숟가락 떠서 삼키고 이렇게 말했다.

"이 설렁탕을 보면 돌아가신 네 할아버지 생각이 나."

아들은 아버지가 무슨 말을 하려는지 알 것 같아 고개를 끄덕였다.

대림산업의 창업주 이재준 회장의 '설렁탕 외교'는 1950~1960년대의 전설이나 다름없어서 재계에서는 누구나 알고 있는 유명한 사례였다. 당시 대림은 외부 인사의 지위 고하를 막론하고 '대접했다' 하면 메뉴는 오직 단 하나, 설렁탕이었다. 할아버지는 평생 자기 분수를 모르고 사치하고 낭비하는 것을 절대로 용납하지 않았다.

"저도 그래요. 그게 할아버지의 정신이셨죠. 그래서 아버지는 해외 현장의 식당 입구에 '마음껏 드시고 버리지 맙시다'라고 붙여놓으신 거구요."

이준용 회장은 아버지의 근검절약 정신을 고스란히 전수받았다. 아끼되 인색하게 굴지 않는다는 정신, 그게 이재준 회장의 근검절약 정신이자 대림의 정신이었다. '설렁탕'은 그 상징이나 다름없었다. 그걸 알아주는 아들이 대견했다.

아끼되 인색하게 굴지 않는다는 정신, 그게 이재준 회장의 근검절약 정신이자 대림의 정신이었다

이 회장은 흐뭇한 마음으로 설렁탕 국물을 한 숟가락 떠 입에 넣었다.

"아, 참 맛 좋다.

2011년에 이 집이 이전할 때 혹시 맛이 바뀌거나 문을 닫으면 어떡하나 걱정을 많이 했는데 말이다. 이렇게 여전한 맛을 볼 수 있으니 좋아. 너도, 네 자식도, 그 자식의 자식도 이 맛을 즐길 수 있으면 좋겠어."

이 부회장도 국물을 한 숟가락 떠먹고는 밥을 말았다.

"정말 맛이 좋네요. 제가 아버지 자주 모시고 올게요."

"어이구, 회사 일로 바쁜 사람이 뭘……."

이 회장이 손사래를 쳤다.

맛있게 설렁탕을 한 그릇씩 비운 뒤, 이 회장이 조용히 아들에게 물었다.

"해욱아, 넌 통일을 어떻게 생각하니?"

물을 마시던 이 부회장은 조금 뜻밖의 질문이라는 눈빛이었다. 그러다 아버지의 눈빛에서 그냥 잡담하려는 건 아니라는 뜻을 읽고는 자세를 바로잡았다.

똑 같 은 피 부 에
똑 같 은 음 식 을 먹 고
똑 같 은 역 사 를 가 졌 는 데
왜 분 단 되 어 있 는 가

"해야죠. 미국의 전설적인 투자자 짐 로저스* 회장이 늘 이야기하곤 했잖아요. 화성에서 누군가 지구를 방문하면, 가장 이해가 가지 않을 나라가 남북한이라고요. 똑같은 피부에 똑같은 음식을 먹고 똑같은 역사를 가졌는데 왜 분단되어 있는가, 하고 물을 거라고요."

이 회장도 물을 한 모금 들이켰다.

"그런 이유뿐일까?"

"……?"

"넌 내가 대한민국의 경제 개발이 한창일 때, 왜 해

---

* '투자의 귀재'로 불리는 로저스 홀딩스의 회장. 1973년 조지 소로스와 함께 '퀀텀펀드'를 만들어 10년간 4,200%의 놀라운 수익률을 거뒀다. 그는 전세계 120개국을 직접 방문해 투자현장을 확인하고 투자하는 방식으로 명성을 얻어 왔다. 그는 2014년 초 북한을 방문한 뒤 "남북 통합 과정에서 전 재산을 투자하겠다"고 밝혀 화제가 됐다. 한반도 통일이 동북아 지역의 폭발적인 경제 성장을 이끌 수 있는 성장 원천이 될 수 있기 때문이라고 밝혔다.

외로 나가려고 했는지 알 거다. 대한민국의 내수 시장이 너무 작기 때문이었지. 4,000만 인구로는 산업을 발전시키고 국가를 부강하게 할 산업 기반이 마련되지 않을 게 분명했거든. 그래서 대한민국은 수출 시장에 올인하게 된 거야. 그 덕에 나라도 엄청나게 부강해졌고 말이다. 그 대신 부작용도 만만치 않았어. 너무 수출에 진력하다 보니 대한민국 경제가 대외 요인에 많이 흔들리게 된 거지. 환율이 조금만 높아져도 수출에 비상등이 켜지고, 원자재 값이 조금만 높아져도 긴장하게 되지. 주요 수출국의 경기에도 민감하게 되고 말이다. 대한민국의 인구가 일본 정도만 되어도 내수 시장이 상당히 보완을 해 주었을 것이야. 그런데…… 남북이 통일을 하게 되면 7,000만이라는 내수 소비 시장이 만들어질 거라고 하더구나. 미국 골드만삭스사에서 그런 발표를 했다는 걸 읽고 내 가슴이 좀 콩닥거렸어."

이 부회장이 고개를 끄덕였다. 아버지는 통일에 대

해 생각보다 깊이 고민하고 계셨구나, 그런 생각이
들었다. 이 회장이 말을 이었다.

"그리고…… 저 미개발 상태인 북한의 경제
개발을 진행하게 되면 도로, 항만 같은 인프라 건
설 사업이 아주 활발해질 거야. 저 멀리 중동으로
갈 것 없이 북한부터 개발을 시작하는 거지. 내
가 보기에 북한 주민은 전 세계에서 가장 똑똑한
노동자들이야. 기술 수준은 금방 올라올 거다. 게
다가 경의선*을 연결해서 한반도를 종단하는 철도
가 만들어지고 그게 중국 횡단 철도와 시베리아 횡단
철도랑 연결이 된다고 상상해 보렴. 엄청난 물류비가
절감이 될 거고 유럽이나 러시아와의 교역도 훨씬 활발

• 서울과 신의주를 잇는 철도로 1906년 전구간이 개통되었다가 1950년 6·25 남
  침전쟁으로 인해 문산-개성 간 운행이 중단되었다. 휴전 협정 후에는 서울역-
  문산역까지만 다니다가 2003년 경의선 복원 공사로 도라산역까지 이어지게 됐
  다. 북한에서는 경의선이라는 용어 대신 평부선(평양-파주 도라산역)과 평의선(신
  의주-평양)이라 부르고 있다.

해지겠지. 그

효과는 정말 엄청날 거야. 배로 실어 나르는 걸 철도로 나

른다고 생각해 봐."

　이 회장은 그런 모습이 눈앞에 보이는 듯 말에 열기

가 올랐다.

"분단되기 전 우리나라 사람들은 저 넓은 중국과 러시아를 제집 드나들 듯 드나들었어. 그래서인지 기상도 활달했고 품도 컸다. 근데 저 38선이 한반도의 허리를 댕경 잘라 놓으니 섬나라도 아닌 우리가 섬나라처럼 되어 버렸잖니."

"아버지 말씀이 맞아요. 저도 2009년에 북한의 지하자원 매장량이 6,900조 원 정도 된다는 국회 보고서를 읽고 깜짝 놀랐던 기억이 나요."

"그렇지, 북한의 지하자원도 남북한 경제 발전에 엄청난 공헌을 하겠지."

"네. 아연, 희토류, 석회석, 마그네사이트, 흑연 이런 것들이 엄청나게 묻혀 있다고 하더군요. 그리고 철광석도 남한의 133배가 묻혀 있대요. 지금 대한민국의 철광석 자급률이 1%에 불과한데, 통일을 해서 50%만 북한에서 조달한다면 엄청난 외화와 물류비를 절감할 수 있죠. 그게 한 16조 원 정도의 수입 대체 효과를 가져온다고 하더라구요."

이 회장이 고개를 끄덕였다.

"그 철광석을 북한은 지금 중국에 헐값에 팔고 있대
요. 외화를 벌어들이려고 광물을 파서 수출을 하는데 UN
의 대북제재*가 계속되고 있어서 중국에만 판다는 거예
요. 그러니 제값을 못 받는 거죠. 한 20~30% 가격을 낮춰
서 팔고 있다나 봐요. 너무 안타까워요. 지금 우리나라의
광물 중에서 가장 수입을 많이 하는 게 철과 동, 인, 아연,
은인데요. 그게 전부 호주, 브라질, 칠레, 페루 등에서 수
입된다는 거예요. 운반 비용이 엄청난 거죠. 그걸 북한 광
물로 대체할 수 있다면……."

아들의 말을 아버지가 받았다.

"지하자원뿐이겠니? 전쟁이 일어날 위험 때문에 대
한민국이 손해보는 게 얼마나 크냐? 통일이 되면 국방비에

• 북한의 핵무기와 미사일 같은 대량 살상 무기 개발을 막기 위해 주요 관련국들
  이 무기 금수 및 수출 통제, 화물 검색, 금융·경제 제재를 가하는 것.

서만 연간 10조 원 정도를 줄일 수 있을 거야. 그 돈으로 할 수 있는 일이 얼마나 많겠어? 우리 젊은이들도 국방의 의무는 자원입대한 모집병들에게 맡기고 더 부가가치가 높은 일을 한 살이라도 젊을 때 할 수 있을 테고 말이다."

"제가 예전에 북핵 리스크가 우리나라 자본 시장에 어떤 영향을 끼치는지 조사해 본 적이 있어요. 북핵 리스크 때문에 한국 기업의 가치가 동남아 신흥 국가에 비해서도 저평가되고 있더라구요. 우리 주식시장 규모가 900조 원 정도 하는데, 그게 30% 정도 디스카운트 되어 있다는 거죠. 그러니까 한 270~300조 원 정도의 자산 가치 손실을 보고 있는 거나 마찬가지인데, 이러면 연간 15조 원씩 손실이 나는 거나 다름없대요."

게다가 코리아 디스카운트*는 국가 신인도에도 영향

* 우리나라 기업의 주가가 비슷한 수준의 외국 기업의 주가에 비해 낮게 형성되어 있는 현상. 남북 관계로 인한 지정학적 불안 요인과 회계의 불투명성, 기업 지배 구조의 불투명성, 노동시장의 경직성 등이 코리아 디스카운트의 주원인으로 꼽힌다.

을 미친다. 전쟁 위험만 제거되면 국가 신인도가 한두 단계 올라가게 될 것이고, 그러면 외채를 빌릴 때의 금리도 더 내려간다. 그게 1%만 내려가도 얼마나 막대한 이익을 거둘 수 있을까? 기업을 경영하는 아버지와 아들의 머릿속에서는 계산이 금방금방 나왔다.

'통일만 된다면, 대한민국은 정말 쭉쭉 뻗어 나갈 수 있을 텐데.'

그런 생각을 말없이 함께 하고 있었다.

잠시 침묵하던 이 회장이 다시 입을 열었다.

"다른 무엇보다도 저 북녘땅에서 홍수와 가뭄으로 굶어 죽는 사람들을 그냥 두고 보는 건, 같은 민족으로서 직무 유기야. 죄악이지. 남쪽에서는 너무 먹어서 너도나도 다이어트를 한다고 난리인데, 북쪽에서는 밥이 없어

"2박 3일의 상봉 후엔
정말 다시는
만날 수 없으니까
하늘 아래 둘도 없는
그 이별의 슬픔을
다시는 할 수 없으니까"

굶어 죽고 나이 어린 여자아이가 몸을 판다. 이건 아니야. 우리 모두가 짊어져야 할 책임이야. 방관해서는 안 돼."

그렇게 말하는 이 회장의 눈가가 조금 촉촉해졌다.

"내가 전에 어느 기자분에게 들은 이야기가 있다. 세상에 많이 알려지지는 않은 시인이자 서예가로 한신(韓迅)이라는 선생이 있었는데, 그분 고향이 함흥이었다지. 흥남 철수 작전이 벌어질 무렵이었어."

영하 50도의 매서운 추위 속에서 한신 선생의 가족들은 군 트럭을 얻어타고 흥남 부두까지 갈 생각이었다고 한다. 그런데 트럭은 부족했고 피난민들은 많았다. 천신만고 끝에 한신 선생은 트럭에 올라탈 수 있었지만 가족들은 그러지 못했다. 서로 울부짖으며 안타까워했지만 방법이 없었다. 지금은 후퇴하지만 세 달 후에 다시 돌아올 거라는 군인들의 말을 믿을 수밖에 없었다. 한신 선생은 트럭을 타고 떠나며 "석 달만 잘 버티라."고 외쳤다 한다.

"하지만 그게 마지막이었다지. 65년이 흘러도 다시 만날 수가 없었다는구나. 북에 남은 가족들을 데려오려 문관(文官)으로 지원해 북진하는 국군 부대와 함께 강원도 고성까지 올라갔지만 그때 휴전 협정이 체결되어 버렸던 거지. 그 뒤로 한신 선생은 1985년 첫 남북 이산가족 상봉*이 있은 후 19차례 이산가족 상봉 행사가 있었지만 한 번도 신청하지 않았다는 거야."

"왜요?"

• 남북 이산가족 상봉은 1971년 8월 12일 대한민국의 대한적십자사가 분단 때문에 남과 북에 헤어져 살고 있는 이산가족들의 실태를 확인하고, 서로 소식을 전하거나 상봉을 하기 위한 목적으로 실시한 '이산가족 찾기 운동'을 계기로 시작되었다. 오랜 노력 끝에 대한민국과 북한의 적십자사 간 합의에 따라 1985년 9월, 서울과 평양에서 최초로 이산가족 고향 방문단과 예술 공연 교환 행사가 이루어졌다. 이후 2014년 2월까지 19차례의 이산가족 상봉이 이루어졌다.

"2박 3일의 상봉 후엔 정말 다시는 만날 수 없으니까. 하늘 아래 둘도 없는 그 이별의 슬픔을 다시는 할 수 없으니까. 그 고통을 도저히 견뎌 낼 수 없으니까 그랬다는구나. 그분이 지난 4월 결국 돌아가셨다지. 기자에게 연락이 왔다고 하더라. 시간이 많이 남지 않았어. 적십자사에 등록된 이산가족 상봉 신청자 중에서 절반이 세상을 떠났다. 나머지 절반도……."

"……."

아들은 아버지의 진심이 느껴졌다.

'아버지가 통일에 대해 정말 깊이 고민하셨구나. 하지만…….'

돌아오는 차 안에서 이 부회장이 말했다.

"오늘 유익했어요. 통일에 대해 이런저런 생각을 정리할 수 있었고요. 그런데 사람들은 통일을 두려워하는 것 같아요. 아마도 천문학적인 통일 비용 때문이겠죠."

"그렇지…… 통일 비용……."

아들이 말을 이었다.

"예전에 여론 조사한 걸 봤는데요. 통일로 인해 혼란이 가중된다면 시기를 미루자는 의견과 사회 경제가 불안해진다면 통일을 서두를 필요가 없다는 부정적인 여론이 70% 정도까지 올라가 있었어요. 독일 사례가 보도됐던 게 충격적이었던가 봐요."

"……."

"원래 통일 직전에 서독 정부는 4년 동안 1,150억 마르크 정도의 비용을 투입하면 될 줄 알았대요. 그러다 통일 후에 동독 경제가 생각보다 훨씬 열악하다는 걸 알고 경악했죠. 그래서 2000년까지 10년간 2조 마르크를 투자하면 될 것으로 예상치를 바꿨는데, 실제로는 2005년까지 15년간 총 1조 4,000억 유로가 들었다잖아요. 우리 돈으로 1,750조 원이나요. 그것 때문에 정말 독일 경제가 휘청했었죠. 우리 국민에게는 그런 두려움이 있는 것 같아요."

이 회장은 아들의 말을 잠자코 듣고 있었다. 그의 얼

"이제 우리 후손에게
물려줄 가장 큰 유산이
있다면 그건……"

굴에 여러 감정이 스쳐
지나갔다.

"흠…… 그래, 사
람들이 통일 비용을 두
려워하긴 하지. 그게 문
제인데……."

그 뒤로 차 안에는 침묵이 흘렀다. 이 회장은 눈을
감고 깊은 생각에 잠겼다.

'우리 할아버지대의 건국 세대는 우리에게 광복과 건
국이라는 선물을 남겼다. 또 아버지 세대는 가난에서 벗
어나 경제 개발이라는 선물을 줬다. 나 역시 거기에 최선
을 다했지. 그 덕에 대한민국은 전 세계에서 가장 잘사는
나라 중 하나가 되었다. 이제 우리 후손에게 물려줄 가장
큰 유산이 있다면 그건…….'

이 회장의 마음이 점점 더 굳어 가고 있었다. 회사가
가까워 올 무렵, 이 회장이 아들을 향해 불쑥 물었다.

"해욱아, 넌 이 아비의 판단력을 믿니?"

이 부회장이 갑작스런 질문에 놀라 대답을 머뭇거리다 말했다.

"네. 아버지 판단은 언제나 정확하셨어요."

"고맙구나."

잠시 아들을 향해 웃어 보인 뒤 차창으로 눈길을 돌리는 이 회장의 표정에는 어딘가 결연한 의지가 잠시 엿보이는 듯했다.

아름다운
결심

오후, 집무실은 조용했다. 이 회장은 아침에 못 읽은 조간 신문을 펼쳐 들었다. 2면에 실린 기사가 눈에 띄었다.

"충북 괴산군에 사는 천규학(69) 씨는 2013년 얻은 첫 손자 이름을 '통일'로 지었다. 천 씨는 "통일이라는 염원을 마음속에 갖고 있어야 통일이 이뤄진다."면서 자신과 통일 군, 작년 태어난 통일 군의 동생 인준 군의 이름으로 통일과 나눔 재단에 정기 기부를 약정했다. 천 씨는 곧 태어날 셋째 손주 '대박'이의 이름으로도 통일 나눔 펀드에 가입할 예정이다.

강진희(68) 씨도 손자 공지호(6) 군과 함께 통일 나눔 펀드에 10만 원씩 기부했다. 강씨는 "손자가 TV에 나오는 북한 어린이들을 보고 '쟤네들은 왜 이렇게 말랐느냐'고 하더라."며 "헐벗고 굶주린 북한 어린이들에게 희망을 주는 건 통일뿐."이라고 말했다.

퇴직 교사 김상오(67) 씨도 손주인 서준(9), 예준(4) 군과 규리(7), 나연(3) 양 이름으로 각각 5,000원씩 10년간 기부하기로 했다. 김씨는 "손주들에겐 마음 편한 미래를 물려주고 싶다."고 했다."

연일 통일 나눔 펀드에 기부하는 사람들의 소식이 이어졌다. 영화배우, 축구선수, 관공서 직원, 기업체 임직원들, 육군사관학교 생도들……. 저마다 1천 원, 1만 원, 10만 원, 나름의 정성을 모으고 모아 통일을 염원하며 보내 오고 있었다.

'세상 어디에 이런 민족이 있을까. 세상 어디에 이런 국민들이 있을까…….'

저마다 나름의 정성을 모으고 모아 통일을 염원하며 보내 오고 있었다

이준용 회장은 그런 기사들을 보며 임진왜란이나 병자호란을 만났을 때, 직접 팔을 걷어붙이고 나선 의병들과 구한말 국채보상운동을 벌였던 우리 민족을 생각했다.

국난을 맞았을 때는 어김없이 모든 것을 버리고 뛰어나왔던 사람들이 바로 한민족이었다. 그리고 구한말 점점 일본의 식민 지배 야욕이 깊어갈 무렵, 국채보상운동이 벌어졌다.

대한제국의 외교권을 박탈한 일본 제국주의는 반 강제적으로 대한제국 정부에게 일본으로부터 차관을 빌리게 했다. 하지만 정작 그렇게 빌린 돈은 한반도를 억압하기 위한 경찰 조직을 확장하고 일제 침략을 위한 투자, 또

한반도에 거류하는 일본인들을 위한 시설에 썼다. 그럼에도 일제는 그렇게 진 빚 1,300만 원을 빌미로 대한제국의 경제를 일본에 완전히 종속시키려 했다.

그때 일어난 전국민적인 경제적 독립운동이 바로 국채보상운동이었다. 1907년 2월, 대구에서 광문사를 대동광문회로 개칭하는 행사가 있었다. 그때 서상돈이 국채보상운동을 벌이자고 제안했다. 참석자 전원은 그 자리에서 만장일치로 찬성했고 운동은 급물살을 탔다. 서상돈을 비롯한 16명이 발기인이 되어서 국채보상 모금을 위한 국민대회를 열었고 전국에서 그 취지에 동조했다. 「황성신문」 「대한매일신보」 「제국신문」 「만세보」 등 각종 신문이 후원과 캠페인을 맡았다.

이 때 우리 민족이
보여 준 모습은 놀라웠다
자발적인 기부의
행렬이 이어졌다

그렇게 되자 기탁되는 의연금을 보관하고 운동을 추진하기 위

한 통합 기관이 필요
해졌다. 그에 따라
「대한매일신보사」
에 국채보상 지원
금 총합소가 설치

됐고 한규설, 양기탁 등의 임원이 선출됐다.

　　이때 우리 민족이 보여 준 모습은 놀라웠다. 자발적
인 기부의 행렬이 이어졌다. 대구에서는 부인들이 부인회
를 만들어 집 안 장롱 깊은 곳에 넣어 두었던 패물들을 모
조리 들고나왔다. 그러자 서울, 진남포 등등의 부인들도
그에 동참했다. 또 당시 사회 최하류층에 속했던 기생들
도 '진주애국부인회' 등을 결성해서 서울, 평양, 진주 등
에서 돈을 모았다. 일본에서 유학 중인 유학생들도 그 궁
핍한 유학 생활 가운데서 돈을 추렴해 기탁해 왔다. 그렇
게 2월부터 5월 말까지 운동이 벌어졌는데, 기부한 사람
은 4만 명이 넘었다.

이런 모습을 본 일제는 깜짝 놀라 이 운동을 적극적으로 탄압하기 시작했다. 송병준 등이 지휘하던 친일 단체 일진회*를 통해 이 운동의 취지를 흐리는 공격을 감행하는 한편, 국채보상기성회의 간사인 양기탁을 보상금 횡령이라는 누명을 씌워 구속시켜 버렸다. 그렇게 국채보상운동은 좌절되고 말았다.

하지만 그 정신은 면면이 이어져 내려오고 있었다. 국채보상운동에서 외환 위기 시절의 금 모으기 운동으로, 그리고 지금은 우리 민족의 숙원인 '통일'을 위해 전 국민이 한 마음이 되어 1천 원, 1만 원의 작은 정성을 모아 내고 있는 것이었다.

이 회장은 얼마 전부터 정리해 두었던 자료들을 다시 꺼내어 보았다.

---

* 1904년 8월 송병준과 윤시병, 유학주, 이용구 등이 조직한 대표적인 친일 단체. 일제의 군부나 통감부의 배후 조종하에 침략과 병탄의 앞잡이 행각을 벌였다.

'통일과 나눔' 재단은 '통일은 나눔에서 시작된다'는 모토를 가지고 지난 5월에 설립된 공익단체다. 남북의 교류 협력과 남북 동질성 회복을 위한 활동을 하는 단체들을 적극 지원하고 정치적 이념과 특성을 넘어서는 통합적인 민간 통일 운동을 전개하려는 목적을 가지고 만들어진 단체다. 아울러 700만 해외 동포와 세계 각국을 향해 통일 공감대를 확산하고자 하는 활동 목표를 가지고 있다.

통일과 나눔 재단은 통일 기금 마련을 위해 '통일 나눔 펀드'를 조성하고 있다. 통일 나눔 펀드는 남북한 교류 협력을 증진하고, 북한 주민들의 삶의 질 향상을 위한 활동을 지원하며, 그 밖의 각종 통일 관련 운동을 지원하기 위해 지난 7월에 출범했다. 북한 어린이를 지원하고 북한 보건 상태를 향상시키는 활동에도 사용될 예정이다.

이 회장은 자료를 조금 더 읽어 나갔다. 통일과 나눔 펀드는 기존의 정부 주도형 통일 기금 모금과는 다르게 민간 주도형으로 마련되는 펀드라고 적혀 있었다. 이 펀드의 조성이 성공적으로 이루어지면 통일 준비를 위한 관심을 확산시키는 데 크게 도움이 될 것이었다.

게다가 기부의 방식도 월 1만 원씩의 정기 기부 약정을 맺는 방식과 일시적인 기부 중에서 선택할 수 있게 되어 있었다. 국민 모두의 통일을 바라는 마음을 일회성으로 그치지 않고 지속적으로 끌고 갈 수 있게 설계되어 있었다.

'문제는 기금의 운용인데…… 모금된 기금은 재단

이사회 산하의 기금 운용 위원회를 통해 안전하고 투명하게 운용된다……. 그렇다면 투명성 문제는 걱정할 필요가 없지 않을까? 이렇게 정기적인 소액 기부로 이루어지는 기금을 허튼 곳에 쓸 수는 없지 않을까?'

이 회장은 눈앞에 작은 빗방울들이 모여 시내를 이루고 그 시내들이 모여 거대한 장강을 이루는 장면이 펼쳐지는 것 같았다.

지금 이렇게 작은 정성들을 모아

우리 국민 모두가 통일을 염원한다면 그토록 바라던 통일이 멀리 있는 것만은 아니라는 확신이 들었다.

'그래, 저 작은 정성을 모아 내는 펌프에 내가 마중물이 될 수 있다면, 그것으로 나는 충분하다.'

이 회장은 눈을 들어 창밖을 바라보았다. 굽이치는 한강이 보였다. 잘살아 보겠다는 온 국민의 염원이 모여 '한강의 기적'을 만든 게 대한민국이었다. 마음만 모이면 못 이뤄 내는 게 없는 국민이 바로 대한민국 국민이었다.

이 회장은 인터폰을 들었다. 비서가 받았다.

"조선일보 방상훈 사장님을 연결해 주게."

잠시 시간이 흐른 뒤 수화기 저편에서 목소리가 들려왔다.

"조선일보 사장 방상훈입니다."

"안녕하십니까? 저는 대림산업 명예회장 이준용입니다. 잠시 시간을 내주시면 만나서 드릴 말씀이 좀 있습니다."

몇 분 후, 이 회장은 대림산업 사옥 현관 앞에 서서 잠시 아들의 집무실을 바라보고 있었다.

'저 아이는 내 마음을 헤아려 주겠지. 우리 가족들 모두 내가 길게 이야기하지 않아도 날 이해해 줄 거다.'

이 회장은 고개를 잠시 흔들고 차에 올라탔다. 그리고 기사를 향해 말했다.

"자, 이제 가지."

누구나 세상을 바꾸려고만 하면서 자신을 바꾸려고는 하지 않는다.

레프 톨스토이

부자인 채 죽는 것은 정말 부끄러운 일이다.
통장에 많은 돈을 남기고 죽은 사람처럼 치욕적인 인생은 없다.

철강왕 앤드류 카네기

노블레스 오블리주의 큰 감동,
한국 사회를 깨우다

다음 날 아침 대한민국이 깜짝 놀랄 기사가 「조선일보」 1면에 실렸다.

이준용 대림산업 명예회장
"2,000억 원 전 재산
통일 나눔 재단에 내놓겠다"

워런 버핏이 자기 재단 안 만들고
'게이츠 재단'에 기부한 것처럼
'좋은 일 제대로 하는 곳' 찾아

노블레스 오블리주의 큰 감동, 한국 사회를 깨우다

이준용(77) 대림산업 명예회장이 17일 재단법인 '통일과 나눔'에 자신의 전 재산을 기부하겠다고 밝혔다. 이 명예회장은 자신의 재산이 "대림산업과 관련한 비공개 주식 등 2,000억 원 정도"라고 밝혔다.

이 명예회장은 이날 오후 서울 중구 태평로 조선일보 본사를 찾아 방상훈 사장을 만난 자리에서 전 재산을 기부할 곳으로 통일과 나눔 재단을 택한 이유에 대해 "통일 나눔 펀드가 전 국민을 상대로 벌이고 있는 캠페인을 보면서 '통일 준비를 하려면 (기금이) 많으면 많을수록 좋겠다, 다다익선이겠구나.' 하는 생각을 했다."고 말했다. 조선일보는 통일과 나눔 재단과 업무협력 MOU를 체결하고 있다.

전날 오후, 이 회장은 「조선일보」 방 사장을 만난 자리에서 자신의 전 재산을 통일과 나눔 재단에서 운영하는 통일 나눔 펀드에 기부하겠다고 밝혔던 것이다.

그 자리에서 조선일보 방상훈 사장이 물었다.

"직접 재단을 만드실 수도 있었을 텐데요……."

"그럴 수도 있었겠지요. 제가 제 이름 걸고 재단을 새로 만들어 운영할 수도 있었습니다. 하지만 그게 다 비용 아닙니까? 저는 제가 기부한 돈이 전부 좋은 일에 쓰이길 바랍니다. 재단을 운영하는 비용으로 사라지는 것을 원하지 않았어요. 그래서 처음에는 김수환 추기경을 기념하는 '바보의 나눔 재단'에 기부하는 방법도 생각을 해봤습니다."

잠시 말을 멈추었다가 이 회장은 다시 말을 이었다.

"후손에게 줄 수 있는 가장 큰 선물은 '통일'이라고 생각했기 때문입니다. 진정으로 후손을 위하는 방법은 '통

"제가 기부한 돈 전액이 좋은 일에 쓰이길 바랐습니다 재단을 운영하는 비용으로 사라지는 것을 원치 않았어요"

일'을 앞당기는 것이라 생각

했어요. 그리고 일반 국민들

이 십시일반으로 통일 나눔 펀

드에 작은 정성을 보태는 것을 보고

무척 감동했습니다. 우리나라, 이 대한민국은 정말 될

나라구나 싶었거든요. 이런 정성들이 모이고 모이면, 통

일? 그거 금방 이뤄 낼 수 있는 국민들이다, 그렇게 생각

했습니다. 그래서 통일 나눔 펀드를 선택했지요. 워런 버핏

을 보세요. 자신의 재산 대부분을 빌 게이츠 마이크로소

프트 창업주 부부가 세운 '빌 앤 멀린다 게이츠 재단'*에

기부하기로 약정을 했잖아요. 올해만도 28억 4,000만달

러를 기부했는데요. 그게 3조 2,000억 쯤 됩니다. 그중에

• 빌 게이츠와 그의 아내 멀린다 게이츠가 2000년에 설립한, 세계에서 가장 규모
가 큰 민간 재단이다. 운영 목적은 국제적 보건 의료 확대와 빈곤 퇴치, 그리고
미국 내의 교육 기회 확대와 정보 기술에 대한 접근성 확대이다. 시애틀에 본부
를 두고 있으며 주요 결정은 빌 게이츠와 멀린다 게이츠, 그리고 워런 버핏 세
명의 이사에 의해 내려진다. 재단을 설립한 게이츠 부부는 2007년 미국에서 가
장 훌륭한 자선가 50인에 선정되기도 했다.

서 75%를 '빌 앤 멀린다 게이츠 재단'에 냈어요. '좋은 일을 제대로 하는 곳'을 찾으면 그곳에 기부하는 것이 가장 '경제적'인 거죠. 그래서 '통일 나눔 펀드'를 선택했습니다. 「조선일보」와 '통일과 나눔' 재단을 믿고 맡깁니다. 부디 좋은 일에 제대로 써 주세요."

이 회장이 말을 이었다.

"제가 올해로 대림산업에서 일한 지 50년입니다. 사실 제가 전 재산을 기부하겠다고 마음먹은 것은 우리 대림산업의 전현직 임직원들을 위해서이기도 합니다. 지난 50년간 나와 함께 일한 대림산업의 전현직 임직원들이 어디가서든 대림산업에서 일했던 것을 자랑스럽게 생각할 수 있지 않을까, 그런 생각을 했던 거지요. 어디가서든 칭

찬받고 보람을 느낄 수 있었으면 좋겠습니다. 그게 그동안 함께 일해 온 전현직 임직원들에게 제가 감사를 전하는 방법이 아닐까 싶었습니다."

"그렇군요. 전 재산 기부 결심에 가장 큰 영향을 준 것은 또 어떤 게 있었나요?"

방상훈 사장은 노 회장의 엄청난 결단이 믿어지지 않는다는 듯 묻고 또 물었다.

"어떻게 말씀을 드려도 거짓말처럼 들릴지 모르겠습니다. 근데 1995년에 대구에서 있었던 지하철 공사 현장 가스 사고가 자주 생각이 났어요. 저 옛날로 거슬러 올라가면 1·4후퇴 때 힘들게 배를 얻어 탔던 일, 대한민국 경제를 일으키기 위해 전념했던 일, 천안 독립기념관 공사를 할 때 건물이 불에 탔던 일……. 참 많은 생각이 났지요."

그러면서 이 회장은 자신이 며칠간 이곳저곳을 방문하며 생각을 정리한 소회를 털어놓았다. 이야기를 듣는 내내 「조선일보」 방 사장을 비롯한 여러 신문사의 간부들은 숙연해질 수밖에 없었다.

'이 노 회장이 진심으로 대한민국을, 이 공동체를 사랑하는구나.'

그런 마음이 들만큼 이 회장의 말은 진정이 어려 있었다. 그러다 이야기를 듣던 신문사의 간부 한 명이 조심스레 물었다.

"그런데 회장님, 가족분들과는 의논을 하셨나요? 장남인 이해욱 부회장은 아버지 뜻에 선뜻 동의하던가요? 다른 가족분들은요? 아무리 회장님의 뜻이 고귀하다 해도 2,000억이라는 재산을 전부 기부한다고 했을 때, 받아들이기가 쉽지 않았을 텐데요."

"아니요. 가족들과는 일절 상의하지 않았습니다."

이 회장의 대답에 참석자들 모두가 깜짝 놀랐다.

"예? 상의를 아예 안하셨다고요?"

"아마 제 생각을 잘 헤아려 줄 겁니다."

그렇게 전날 방상훈 사장과 이준용 회장의 이야기는 끝이 났다.

이 회장의 기부 소식은 대한민국을 깜짝 놀라게 했다. 정의화 국회의장은 "우리 사회 모든 사람에게 울림을 주는 대사건."이라 평했고 이석현 국회부의장은 "모든 기업인과 샐러리맨에게 크게 귀감이 될 것."이라 말했다. 성낙인 서울대 총장은 "우리 사회 지도층이 해야 하는 역할의 모범을 보여주는 사례."라며 감탄했다. 어느 10대 그룹 고위 임원은 '이준용 쇼크'라고까지 표현할 정도였다.

재계에서 이 명예회장의 통 큰 결단은 "한국 기부문화를 바꿀 것."이라 칭찬했고, 사회단체에서는 "대한민국 기부 역사의 대사건."이라며 놀라움을 금치 못했다. 정치권에서도 "통일을 위한 결단을 존경한다."는 논평을 내보냈다.

'이제 내가 대한민국과 그 후손들 그리고 대림산업 임직원들에게 할 수 있는 모든 것을 다한 것이겠지. 부디

통일을 위한 밑거름이
되어 주길 기도하는 일
만이 남아 있겠군.'

'부디 통일을 위한
밑거름이 되어 주길
기도하는
일만이 남아 있겠군'

　　평상시와 다름없
이 대림산업의 집무실
에 앉아 조간신문을 읽
으며 이 회장은 그렇게 생각했다. 마음은 평안했고 꼭 해
야만 하는 일을 해치운 후련함을 느끼고 있었다. 딱 한 가
지가 마음에 걸렸다.

　　'아이들이 많이 놀랐으려나?'

　　미리 자식들과 상의하지 않았다는 게 조금 마음에
걸렸던 것이다. 그래서 그런지 일이 손에 잡히지 않아서
TV를 켰다. 뉴스 프로그램이 방송되고 있었다.

　　"대림산업 경영에 참여 중인 이해욱 대림산업 부회
장은 지인들에게 '아버지의 큰 뜻을 잘 헤아려 사회에 조
금이라도 공헌할 수 있는 기업이 되도록 경영에 최선을

다하겠다.'면서 '아버지의 아름다운 기부 정신을 이어 가겠다.'고 말했습니다."

앵커의 목소리가 이어졌다.

"이준용 대림그룹 명예회장이 전 재산을 통일과 나눔 재단에 기부하기로 한 데 이어 대림그룹 임원 132명도 15일 통일 나눔 펀드에 동참했습니다. 대림그룹의 한 관계자는 '이준용 명예회장의 기부 이후 임원들이 통일 운동에 작은 밑거름이라도 되겠다며 펀드 가입 운동을 벌여 왔다.'고 전했습니다. 모(母)회사인 대림산업에서는 김동수·이철균·김재율 대표이사를 비롯해 오규석·김한기 사장 등 71명이 기부를 약속했고, 대림코퍼레이션은 이병찬·김진서 대표 등 16명, 고려개발은 김조오 대표 등 8명이 각각 펀드에 가입했습니다. 추문석 (주)삼호 대표,

"그 기부가 우리나라의 기부 문화를 바꾸고 통일을 향한 밑거름이 될 겁니다"

송범 대림C&S 대표, 김영길 포천그린파워 대표, 양경홍 오라관광 대표, 김상우 대림에너지 대표, 박종국 YNCC 대표 등도 기부에 참여했습니다."

물끄러미 TV를 들여다보던 이 회장의 눈에 눈물이 맺혔다.

〈끝〉

노블레스 오블리주 이준용

펴낸날	초판 1쇄 2015년 11월 5일

지은이	강심호
펴낸이	심만수
펴낸곳	(주)살림출판사
출판등록	1989년 11월 1일 제9-210호

주소	경기도 파주시 광인사길 30
전화	031-955-1350　　팩스 031-624-1356
홈페이지	http://www.sallimbooks.com
이메일	book@sallimbooks.com

ISBN　978-89-522-3271-7　　03810

※ 값은 뒤표지에 있습니다.
※ 잘못 만들어진 책은 구입하신 서점에서 바꾸어 드립니다.

이 도서의 국립중앙도서관 출판시도서목록(CIP)은 서지정보유통지원시스템 홈페이지
(http://seoji.nl.go.kr)와 국가자료공동목록시스템(http://www.nl.go.kr/kolisnet)에서
이용하실 수 있습니다.(CIP제어번호: CIP2015028237)

※ 이 책은 큰 글자가 읽기 편한 독자들을 위해 글자 크기 12.3포인트로 제작되었습니다.